先秦文學導讀 4

先秦神話寓言

吳宏一 編著

目錄

柒、穆天子傳

穆天子傳選

捌、先秦寓言

先秦寓言選

前言

吳宏一

一

我從小就喜歡讀書寫作，進入台大中文系以後，受到一些師長的鼓勵，更對中國文學產生濃厚的興趣。不但想將來以此做為謀生餬口的職業，而且還想以此做為終生努力的志業。

民國六十二年（一九七三）獲得國家文學博士、留校任教以後，我擬定了下列四個奮鬥的方向與目標：

一、撰寫學術論著。這是大學教師應盡的本分，對自己負責，要不斷有研究成果。不但要常發表單篇論文，而且每隔一段時間就應該出版專書著作。

二、加強學術普及。這是對學生及後學者負責，也是做為教師應盡的本分。《禮記・學記》說：「學然後知不足，教然後知困。」聞道固有先後，術業各有專攻，教與學本來就可以相長相濟。在這方面，教學、演講、座談之外，編寫深入淺出的大眾化普及讀物，應該是最宜採行的方式。

三、從事語文教育。這是對社會大眾負責，和前一項一樣，貢獻給教育界和文化界的另一種方式。這也是我個人遭逢的一種機緣。在我獲得博士、留校任教的同時，開始在國立編譯館實際參與中小學以及大專國語文教科書的編審工作。它讓我知道大中小學不同階段的語文教育，各有重點，也各有難處。從事的人不應妄自尊大，也不應妄自菲薄。

四、繼續文藝創作。這是我個人的興趣，從小就養成的，有的可以對外公開發表，有的只是自我心靈的寄託，「只可自愉悅，不堪持贈君」。

我希望自己不僅僅是個學者，同時，也是個作家。

二

以上四項，別的暫且不說，這裡只說與本書有關的第二項。

在編寫大眾化的學術普及讀物方面，從民國六十二年以後，我參與了不少公私機構有關中國文學以及中國文化叢書或套書的編撰工作。有的是主編，是策劃，有的還參與實際的撰稿。其中，有幾個是比較受人注意、印象比較深刻的。略加說明如下：

一、主編長橋出版社的「中國文學精選叢書」：《江南江北》（唐詩賞析）、《曉風殘月》（宋詞賞析）、《小橋流水》（元曲賞析）、《閒情逸趣》（明清小品賞析）。參與撰稿的朋友，有張夢機、顏崑陽、周鳳五、葉國良、呂正惠、何寄澎、洪宏亮、劉漢初、謝碧霞、劉翔飛、陳芳英、陳幸蕙等人。這套圖文並茂的賞析叢書，以詩歌為主，當時不僅在台灣風行一時，引起同類書籍出版的熱潮，在香港也曾出現盜印本（封面主編的姓名改為「吳宏」）。這套書版權後來由長橋負責人鄧維楨轉售給當時負責時報出版公司的高信疆夫婦，至今不知已再版多少次。由於我堅持不再掛名「主編」，如今很多讀者已不知此書與我有關。這套書觸發了我想整理中國古典詩歌系列的念頭。後來的《白話詩經》、《詩經新繹》，就是重新踏出的第一步。

二、譯注台灣新生報的《白話論語》。這是當時謝東閔副總統倡導家家讀《論語》、由新生報石永貴社長邀我白話直譯《論語》而促成的。《白話論語》一書，我幾個月內就完成全稿，由該社連載、出版。據石社長告訴我，該書銷售量達百版之多，後來還附加辜鴻銘的英譯《論語》，出版了中英對照本。這本書的暢銷，使我明白經典名著可以千古不朽的含意，也更加堅定了我用白話譯注整理中華文化古代典籍的信心。後來新繹「人生三書」：《論語新繹》、《老子新繹》、《六祖壇經新繹》，就是由此而起。

三、編著桂冠出版社的「先秦文學導讀」四冊。這是我整理「中國古典文學名著導讀」的開始。當時我在香港中文大學任教，編著時爭取出版的朋友頗有一些，最後我決定交給桂冠的賴阿勝先生，他的背後支持者是楊國樞教授。那時候，我想結合中國古典文學和傳統文化，從流傳後世的經典名著中，選些名篇佳作，大致依照時代的先後，經過整理，分類編輯。第一輯就稱為「先秦文學導讀」，分為《詩辭歌賦》、《史傳散文》、《諸子散文》、《神話寓言》四冊。

那時候，我雖然眼睛患了白內障及視網膜剝離，三次開刀，卻還同時負責主編了中山學術文化基金會的「中山文庫」人文類三十四種、黎明文化事業公司的「文學與思想叢書」十幾冊，和圖文出版社的「語文圖書館」中小學生讀物數十冊，等等，有的已涉及語文教育類，卷帙都很繁富可觀。記憶中還不止這些，就不一一贅舉了。量是夠多，忙是夠忙，但不管如何，我總堅守一個原則：我應該認真工作。對有意義的事，一次沒做好，我會繼續努力做。

古人說得好：「雖不能至，心嚮往之！」

三

「先秦文學導讀」四冊，一九八八年九月三十日由台北桂冠圖書公司出版。當時，我曾賦詩二首，七絕七律各一首，來抒寫我的欣喜之情。茲錄之如下：

（一）

每愛明清溯漢唐，忍看墳典竟淪亡？
不因病目傷零落，十載編成翰墨香。

（二）

十載編成翰墨香，書中至味不尋常。
守先唯是傳薪火，汲古何曾為稻粱。
左策莊騷無欲憾，詩書易禮細商量。
今朝了卻平生願，憑付旁人說短長。

由於編印精美，校對確實（多謝張寶三教授義務幫助），這套書初版四千套不久就銷售完了。後來桂冠結束營業，市面上開始出現盜印本。其間，有人知道我已收回版權，曾慫恿我修訂再版。像吳興文學弟就是其中熱心者之一。不過，我因為工作忙，從學校退休後，仍然一直忙於新的寫作計畫，所以不以為意。而且，真要修訂，其實也不容易。

我所有編著的學術普及讀物，上文說過，都堅守著一個原則。對讀者而言，它們不但要能增進學術知識，而且要能陶冶身心，做為修身處世的參考，最少也要有益於閱讀及寫作能力。在寫作體例方面，我也一直堅持著：版本要經過挑選，注解要力求簡明，翻譯要淺白、能直接對照原文，析論則須參考前人時賢的研究成果。最好還能說明時代的背景，以及作家作品的特色與價值，等等。

在這樣的自我要求下，修訂一套書，往往牽一髮而動全身，真是談何容易！因此這一次遠流出版公司有意重印這套書，經我考慮答應之後，與責任編輯曾淑正女士商議決定這樣處理：一、由我重新審閱全書，修訂文字；二、改動部分內容，略作調整補充，例如在《神話寓言・

山海經》中增加筆者近作〈讀山海經札記〉十五則；三、尊重版權新規定，刪去若干附錄，例如游國恩、傅斯年、沈剛伯、錢穆、陳大齊等人所作的參考論文。除此之外，在內容上可以說沒有什麼大的變動。

在我心目中，這些先秦文學的名篇佳作，雖然都是兩三千年前的古人所作，經歷的時間久遠了，時代的環境改變了，語言的習慣不同了，但經過注解、語譯、分析、說明後，他們的智慧和精神仍然可以保存下來，永遠有光輝，與我們同在。它們就像一串串珍珠一般，也許經歷的時間久了，有些塵汙晦暗，但經過擦拭，仍將恢復原來的光澤，值得大家欣賞。

四

我從小就喜歡弘一和尚李叔同的詩詞，愛唱他填詞的歌曲。除了「長亭外，古道邊。芳草碧連天」之外，我還記得他有一首短詩。

民國二十四年（一九三五）四月，他到惠安崇武淨峰寺為當地僧眾講演佛法，還種了菊花。十月下旬離開淨峰回泉州時，他留下〈淨峰種菊臨別口占〉五絕一首。詩前有序：「乙亥四月，余居淨峰。植菊盈畦。秋晚將歸去，猶復含蕊未吐。口占一絕，聊以志別。」詩是這樣寫的：

我到為植種，我行花未開。
豈無佳色在，留待後人來。

詩句簡短，造語平淡，但讀了卻令人覺得它蘊含禪趣，情味深長。我一直喜愛這首詩，現在發現它頗能反映我修撰此書時的心境，因此抄錄在這裡，權且做為前言的結語。

是的，「豈無佳色在？留待後人來！」

二〇一九年四月台北惜水軒

校後附記：六月中旬，此書遠流新版初校交稿後，即因上次視網膜手術扣鐶脫落，再度入住台大醫院開刀摘除。一切順利，目前正靜養中。主治楊長豪醫師在此書桂冠版出版時，尚為實習醫師，三十年來，已巍然成為眼科名醫矣。今使我有眼力能為此書二校排印稿，尤所感念，值得一記。真所謂歲月靜好，人間有情也。

二〇一九年七月十八日

編注凡例

一、「先秦文學導讀」所選以經典史籍中的名篇佳作為主，大致依時代先後分類編注，依序為《先秦詩辭歌賦》、《先秦史傳散文》、《先秦諸子散文》、《先秦神話寓言》四冊。

二、各冊選文不但注意韻文、散文之分，同時也考慮記敘、論說及各種應用文體文類的來歷。期使讀者對先秦文學的演進，有基本的認識。

三、所選作品，盡量顧及名著名家的特色、各種文體的演進，以及在文學史上的意義。尤以具有開創、影響等代表性的作品為優先。

四、各冊分若干單元，皆附解題。除詩歌類外，各篇體例皆依原文、注釋、語譯、析論為序，並視需要，附參考資料於後，供讀者參閱。

五、注解力求簡明，必要時才引錄原文或注明出處，凡有涉及尚未定案之爭論者，或介紹其中一二種說法，或闕其疑。

六、語譯以直譯為原則，析論則旨在提供閱讀方法，此與注文皆曾多方參考前人時賢研究成果，為避免繁瑣，不一一標出，非敢掠美。

【壹】

韓非子

#《韓非子》解題

韓非約生於周赧王三十五年（西元前二八〇年），卒於秦王政十四年（西元前二三三年），是戰國後期一位傑出的政治思想家。他出身於韓國貴族，從小胸懷大志，想在政治上有所作為。他曾研究法家學說，探討申不害、商鞅的成就，後來又到楚國蘭陵，拜荀卿為師，與李斯同學。學成後，在韓國很不得意，屢次建議韓王，都不被採納，因此發憤著書，寫了〈孤憤〉、〈五蠹〉、〈說林〉、〈說難〉等名篇。他的著作傳到秦國，得到秦王的賞識，可惜後來他到秦國時，卻被他的同學李斯害死了。

《韓非子》現存五十五篇，是韓非的政治著作集子，大部分是韓非本人的作品，也有一些作品出於後人之手。這本書是研究戰國時期法家思想的重要論著。在韓非之前，法家可以分為三派：一是重法派，如商鞅，認為法律是治民強國的利器；二是重術派，如申不害，認為用術可以控制臣下，增加君主的威力；三是重勢派，如慎到，認為權力是治國的根本。韓非對這三派學說，兼採並收，組合而成一個更完整的體系。

《韓非子》的散文，詞鋒銳利，議論精到，推證事理，切中肯綮，風格峻拔。尤其大量運用寓言和傳說，更使論述饒有風趣。〈五蠹〉是書中篇幅最長的一篇，近七千言，可以看出先秦諸子散文在體製上的發展。〈說難〉一篇，則可看出他如何善於揣摩他人的心理。

清末王先慎的《韓非子集解》、今人陳奇猷的《韓非子集釋》、梁啟雄的《韓非子淺釋》，以及邵增樺的《韓非子今註今譯》，都是值得一讀的參考書。

韓非子選

說難

韓非子

凡說之難❶，非吾知之有以說之之難也❷，又非吾辯之能明吾意之難也❸，又非吾敢橫佚❹而能盡之難也。凡說之難，在知所說❺之心，可以吾說當之❻。

所說出於為名高者也，而說之以厚利，則見下節而遇卑賤❼，必棄遠矣。所說出於為厚利者也，而說之以名高，則見無心而遠事情❽，必不收矣。所說陰為厚利而顯為名高者也，而說之以名高，則陽收其身，而實疏之；說之以厚利，則陰用其言，顯棄其身矣。此不可不察也。

【注釋】

❶說（音「稅」）：遊（一作「游」）說，諫說。

❷知：同「智」，是智慧、知識的意思。本句有三個之字：第一個是句中助詞，無義；第二個是代名詞，指所說的君主；第三個是介詞，等於口語「的」字。一說，「知之」下疑脫「難」字。

❸辯：口才。明：說明。陳奇猷《韓非子集釋》據《史記》引文以為「辯之」下當有「難」字。

❹橫佚：本為狂縱的奔馳，這裡用來形容辯說時的縱橫奔馳，毫無顧忌。佚：或作「失」（音「易」），是「逸」的假借字。

❺所說：指被遊說的君主。

❻說：言詞，言論。當（音「蕩」）：是適應的意思。

❼下節：不合節拍，是說曲調鄙俗低下。這裡用來形容言論才識的鄙俗低下。見下節而遇卑：是說被認為志節低下而接受卑賤的待遇。

❽無心：沒有頭腦，不識時務。遠事情：脫離實際的意思。

【語譯】

所有遊說的困難，並不是我們有智慧足以說動君主的困難，也不是我們有口才能夠表明我們意見的困難，又不是我們有勇氣敢於毫無顧忌的把意見盡量發揮出來的困難。一切遊說的困難，在於了解被遊說者的心理，能夠用我們的言論來適應他。

被遊說的人，意在求取高尚名譽的，如果我們勸告他求取大量的財利，就要被他看成志節低下的人，而用卑賤的禮數來相待，必然會疏遠我們的。被遊說的人，意在求取大量財利的，如果我們勸告他求取高尚的名譽，就要被他認為沒有頭腦，而不能切合實際，一定不會接受我們了。被遊說的人，暗中要求大量的財利，而表面上卻求取高尚的名譽，如果勸告他求取高尚的名譽，他就會表面上接受了我們，而實際上疏遠了我們；如果勸告他求取大量的財利，他就會暗中採用我們的話，而表面上卻不能接納我們。這是不能不清楚的。

夫事以密成，語以泄敗。未必其身泄之也，而語及所匿之事，如此者身危。彼顯有所出事，而乃以成他故❶，說者不徒知所出而已矣，又知其所以為，如此者身危。規異事而當❷，知者揣之外❸而得之，事泄於外，必以為己也，如此者身危。周澤未渥也，而語極知❹，說行而有功則德忘❺，說不行而有敗則見疑，如此者身危。貴人有過端❻，而說者明言禮義以挑其惡，如此者身危。貴人或得計❼，而欲自以為功，說者與知焉❽，如此者身危。彊❾以其所不能為，止以其所不能已，如此者身危。故與之論大人，則以為間己❿；與之論細人，則以為賣重⓫；論其所愛，則以為藉資⓬；論其所憎，則以為嘗己⓭也。徑省⓮其說，則以為不智而拙⓯之；米鹽博辯⓰，則以為多而交⓱之。略事陳意，則曰怯懦而不盡；慮事廣肆⓲，則曰草野而倨侮⓳。此說之難，不可不知也。

【注釋】

❶出事：就是做事。他故：猶言他事，另外的事。此二句是說：利用某件事情做幌子，去做另一件

事，以達到目的。

❷ 規：規劃。異事：他事，特別的事。當（音「蕩」）：合的意思，是說合於君主的心。

❸ 揣之外：從外面揣測到它。

❹ 周澤：深恩厚澤。渥：沾潤，這裡是深厚的意思。語極知：說出知甚深的話。一說，說最有智慧的話。全句是說交淺言深。

❺ 德忘：或作「見忘」，德古字作「悳」，與「忌」形近。陶鴻慶《諸子札記》謂當作「見忌」。見忌見疑，才會危及生命，意見可取。

❻ 貴人：職位高貴的人，這裡指被遊說的君王。過端：過失，錯誤的事。

❼ 或：有時候。得計：得到好計謀。

❽ 與（音「玉」）：參與。與知：與知其事，參與其事。

❾ 彊（音「牆」）：勉強。

❿ 大人：這裡指卿大夫。間（音「件」）：離間。

⓫ 細人：與大人對稱，這裡指地位低的小臣。賣重：《史記》作「鬻權」。賣、鬻同義，是說賣弄權勢。

⓬ 藉資：借君主之所愛為助力。

⓭ 嘗己：試探自己憎惡的程度。

⓮ 徑省：直率簡略。

⓯ 拙：《史記》作「屈」。拙、屈古通，意思是屈辱、輕視。

⓰ 米鹽博辯：比喻辯論過於瑣碎詳細。

⓱ 交：錯雜。《史記》作「久」，是說時間太久，人君疲倦。

⓲ 慮：謀劃。廣：遠。肆：放恣。

⓳ 草野：鄙俗粗野。倨侮：倨傲侮慢。

【語譯】

事情由於保持隱密而成功，說話因為洩漏祕密而失敗。不一定是他自己洩漏祕密，而是我們在遊說時談到他要保密的事，有這樣的情形，生命就危險了。他表面上要做一件事，而實際上是利用它來成就另外的目的，我們遊說的人，不僅知道他表面上所要做的事，又知道他為什麼這樣做的原因，有這樣的情形，生命就危險了。為君主計畫一件重要的事，很合他的意思，聰明人卻在局外猜測到，這件事便洩漏出去了，他一定認為是我們自己洩漏的，有這種情形，生命就危險了。深恩厚澤還不深厚，卻說關係極深的話，假使建議能夠實行而成功了，就會被妒忌；假使建議不能實行而失敗了，就會被懷疑，有這樣的情形，生命就危險了。君主有了過失，而遊說的人公開談論禮義，來挑剔他的過錯，像這樣，生命就危險了。君主有時得到好計策，而想要自己用來建立功業，遊說的人卻也知道了這件事，像這樣，生命就危險了。勉強君主做他不能做的事，阻止君主做他不能不做的事，像這樣，生命就危險了。因此和他談論大官員，就以為要離間他們君臣；和他談論小臣子，就以為要出賣他的權力；談論他所喜歡的人，就以為要借取他的力量；談論他所憎惡的人，就以為在試探他的口氣。簡略地說明他的談論，就以為不聰明而加以鄙棄；詳細去推闡他的談論，就認為話太多而沒有條理。粗略的陳述意見，就說是膽小而不敢盡言；多方的考慮事情，就說是粗俗而傲慢。這些遊說的困難，是不可以不知道的。

凡說之務，在知飾所說之所矜[1]，而滅其所恥。彼有私急也，必以公義示而強之。其意有下[2]也，然而不能已，說者因為之飾其美，而少[3]其不為也。其心有高也，而實不能及，說者為之舉其過而見其惡，而多[4]其不行也。有欲矜以智能，則為之舉異事之同類者，多為之地[5]，使之資說於我[6]，而佯不知也，以資其智。欲內相存之言[7]，則必以美名明之，而微見[8]其合於私利也。欲陳危害之事，則顯其毀誹，而微見其合於私患也。譽異人與同行者[9]，規異事與同計者。有與同污者，則必以大飾其無傷也；有與同敗者，則必以明飾其無失也。彼自多其力[10]，則毋以其難概[11]之；自勇其斷，則毋以其謫怒之[12]，自智其計，則毋以其敗窮之。大意無所拂悟[13]，辭言無所擊摩[14]，然後極騁智辯焉。此道所得[15]，親近不疑，而得盡之辭也。

伊尹為宰[16]，百里奚為虜[17]，皆所以干[18]其上也。此二人者，皆聖人也，然猶不能無役身以進[19]，如此其汙也。今以吾言[20]為宰虜，而可以聽用而振世[21]，此非能士之所恥也。夫曠日離久[22]，而周澤既渥，深計而不疑，引爭而不罪[23]，則明割[24]利害以致其功，直指是非以飾[25]其身，以此相持[26]，此說之成也。

【注釋】

❶ 飾：修飾，誇耀。所矜：自負的事。
❷ 其意有下：他心裡有覺得卑鄙的事。
❸ 少：這裡有批評、惋惜的意思。
❹ 多：讚美的意思。
❺ 多為之地：多供給他材料，有選擇的餘地。
❻ 使之資說於我：使他從我們這裡取得某種主張。
❼ 內（音「納」）：同「納」，進獻的意思。欲內相存之言：想要進獻共相存亡的私利之言。
❽ 微見：暗示。見：同「現」。
❾ 譽：稱讚。異人：他人。與同行者：指行為與君主相同的人。
❿ 自多其力：認為自己力量強大。
⓫ 概：本來是古代量米麥時刮平斗斛的器具，這裡作動詞用，是壓抑、壓平的意思。
⓬ 謫（音「哲」）：過失。《史記》作「敵」。怒：這裡是使動式，意為激怒。
⓭ 拂悟：違反。悟：或作「忤」，都與「牾」字同義。
⓮ 擊摩：摩擦抵觸的意思。
⓯ 此道所得：用這種方法所得的結果。一說，「得」為衍文，此句應作「此所道」；所道：猶言所由、所以。

⑯伊尹：名摯。相傳他是奴隸出身，先做商湯的廚師，後來取得信任，為賢相，輔佐商湯，平定天下。《史記·殷本紀》、《墨子·尚賢篇》、《孟子·萬章篇》、《莊子·庚桑楚篇》、《呂氏春秋·本味篇》、《韓非子·難言篇》，都曾記載此事。宰：廚夫。

⑰百里奚：春秋時人，原是虞國的大夫。晉國滅虞，他被俘虜。晉獻公把女兒嫁給秦穆公時，他是陪嫁的奴僕。後來，他出走到楚國，又被秦穆公用五張羊皮把他贖回，命為大夫，委以國政，秦穆公因而成了西戎的霸主。虜：奴隸。

⑱干：求用。

⑲役身以進：親執賤役，以求進用。

⑳「言」疑為衍文。

㉑振世：救世。

㉒曠日離久：所費時日已經很久。離：經歷。一本作「彌」。彌：久的意思。

㉓引爭而不罪：引用事理爭辯而不加罪。一說，引爭即急爭，急切爭辯。

㉔割：分析。

㉕飾：同「飭」，修治的意思。

㉖相持：互相扶持。

【語譯】

一般遊說的要訣，在於懂得誇耀他自身的事情，而掩飾他覺得羞愧的事。他有急於要辦的私事，就要顯示那事對大眾有好處而勉勵他去做。他心裡有卑鄙的念頭，可是卻不能打消，遊說的人就要藉此給他吹噓那事的好處，而惋惜他的不去實行；他心裡有高尚的想法，可是實際做不到，遊說的人就要給他舉出那事的壞處，而顯示它的缺點，同時讚美他的不去實踐。有想誇耀他的智慧和能力的君主，就要幫他多舉其他類似的事，多供給他選擇的餘地，使他採用我們的意見，但我們還要假裝不知道，來幫助他的自逞智能。要想向他貢獻共存共榮的言論，就必須用美好的名譽來明白告訴他，同時暗示這也合乎他個人的利益。想陳述有危險禍害的事，就要明白顯示它有關的毀謗之言，同時暗示這對他個人也是有害的。稱讚和他行為相同的人，籌劃和他謀略相類的事。有和他同樣污穢的，就一定要盡量掩飾那是沒有妨害的。有和他同樣失敗的，就一定要公開辯白那是沒有錯誤的。如果他自己誇耀他的能力，就不要用他難以做到的事來抑制他；他自己認為遇事決斷果敢，就不要拿他的錯誤來激怒他；他自己認為計畫高明，就不要拿他的失敗來困窘他。進說的大意沒有違反他的地方，言論也沒有牴觸的地方，然後才可以盡量發揮我們的智識和口才。用這種方法所得的結果，才能使君主對我們親近不疑，而可以把要說的話全部說出來。

伊尹做過廚子，百里做過奴隸，這都是用來謀求君主任用的方法。這兩個人，都是聖人，然而還不能不親自從事低賤的工作，以求進用，是如此這般的卑污呢。現在假使讓我們做廚子做奴隸，卻能被重用而救世，這不是有智能的人認為羞恥的事罷。要是君臣相處經過長久的時日，深恩厚澤已經深厚了，為他深遠的計畫不致引起懷疑，據理力爭也不致構成罪過，那麼明白地剖析利害，以建立功業，坦白地指陳是非，以整飭君主的德行，用這種方法來輔助君主，這才是遊說的成功呢。

昔者，鄭武公欲伐胡❶，故先以其女妻胡君❷，以娛其意。因問於群臣曰：「吾欲用兵，誰可伐者？」大夫關其思對曰：「胡可伐。」武公怒而戮之，曰：「胡，兄弟之國也，子言伐之，何也！」胡君聞之，以鄭為親己，遂不備鄭。鄭人襲胡取之。宋❸有富人，天雨牆壞，其子曰：「不築，必將有盜。」其鄰人之父❹亦云。暮而果大亡其財❺，其家甚智其子，而疑鄰人之父。此二人說者皆當矣❻，厚者為戮，薄者見疑，則非知之難也，處知❼則難也。故繞朝之言當矣❽，其為聖人於晉，而為戮於秦❾也。此不可不察。

【注釋】

❶ 鄭武公：名掘突，桓公友的兒子，莊公寤生的父親，是春秋時鄭國第二代的君主。胡：春秋時國名，歸姓，在今河南偃城縣。一說，在今安徽阜陽縣。

❷ 故：故意，特地。一說，姑且的意思。妻：當動詞用，嫁。

❸ 宋：春秋時國名，周封殷遺臣微子啟於宋，都城在今河南商丘縣南。

❹ 父：泛指長輩、老人。

❺ 果：果然。亡：失。

❻ 此二人：指關其思和鄰人之父。說者：所說之事。當：對。

❼ 處知：應用知識。

❽ 繞朝：春秋時秦國的大夫。晉國士會逃到秦國，很受秦國重視。後來，晉國派人邀士會回晉。繞朝進諫阻止，穆公不聽。士會臨行，繞朝送馬鞭給士會，說：「你不要以為秦國沒有高明的人，只是碰巧我的謀略沒有被採用罷了。」

❾ 為戮於秦：是說繞朝在秦，有謀不見用的屈辱。戮：同「僇」，屈辱。或解戮為殺，但古書沒有繞朝在秦被殺的記載。

【語譯】

從前，鄭武公打算攻打胡國，故意先把他的女兒嫁給胡國君王，來討他的高興。接著問他的臣屬說：「我打算用兵，哪個國家是可以攻打的呢？」大夫關其思回答說：「攻打胡國最好。」武公非常生氣，殺了他，說：「胡國是兄弟一般的盟國，你卻說去攻打它，是什麼意思呢？」胡國君王聽到這個消息，以為鄭國是親近自己的，就不再防備鄭國，鄭國人於是偷襲胡國，吞併了它。宋國有一個有錢的人，天下大雨，他家的牆也倒坍了，他的兒子說：「不趕快修好，一定會有盜賊來。」他鄰居的老人也這樣說。到晚上果然被偷去很多財物，這家的人覺得自家的孩子非常聰明，卻懷疑隔壁的老人。（關其思和鄰居老人）這兩個人說的話都是正確的，說得重的卻被殺戮，說得輕的卻被懷疑，可見具有知識並不困難，應用知識才是困難的。所以繞朝阻擋士會回國的話語，是很正確的，在晉國看來，他是智慧最高的聖人，可是在秦國卻受了屈辱，這是不可不明白的。

昔者，彌子瑕[1]有寵於衛君。衛國之法，竊駕君車者罪刖[2]。彌子瑕母病，人間[3]往夜告彌子，彌子矯[4]駕君車以出。君聞而賢之，曰：「孝哉，為母之故，忘其犯刖罪！」異日，與君遊於果園，食桃而甘，不盡，以其半啗[5]君。君曰：「愛我哉，忘其口味，以啗寡人！」及彌子色衰愛弛，得罪於君。君曰：「是固嘗矯駕吾車，又嘗啗我以餘桃。」故彌子之行，未變於初也，而以前之所以見賢[6]，而後獲罪者，愛憎之變也。故有愛於主，則智當[7]而加親；有憎於主，則智不當，見罪而加疏。故諫說談論之士，不可不察愛憎之主而後說焉。

夫龍之為蟲也，柔可狎而騎也[8]；然其喉下有逆鱗徑尺[9]，若人有嬰[10]之者，則必殺人。人主亦有逆鱗，說者能無嬰人主之逆鱗，則幾[11]矣。

【注釋】

❶彌子瑕：春秋時衛靈公的嬖臣。

❷刖：斷足的刑罰。罪刖：判刖的刑罰。

❸間：私自，猶言偷偷地。

❹矯：擅稱君命。

❺啗（音「但」）：是吃的意思，這裡是給人吃。

❻「而以」的「以」字，疑為衍文。見賢：被讚美。

❼當：符合。

❽柔：馴養。狎：熟習。此句當作「可柔狎而騎」。

❾逆鱗：倒長著的鱗片。徑尺：直徑有一尺左右。

❿嬰：通「攖」，觸犯。

⓫幾：庶幾，差不多。

【語譯】

從前，彌子瑕被衛靈公寵著。衛國的法律，私自乘用君主車子的人，處以刖刑。彌子瑕的母親病了，有人私下在深夜裡入宮告訴彌子瑕，彌子瑕便假託君主的命令，乘坐君主的車子出宮回家。衛靈公聽到這件事，卻稱讚他說：「多孝順呀！為了探看母親的緣故，竟然忘了自己觸犯刖罪。」又有一天，陪伴君主到果園遊玩，吃了桃子，覺得非常甜美，沒吃完，把剩下的一半送給君主吃。衛靈公說：「多愛我呀！犧牲自己的口福，留給我吃。」後來等到彌子瑕的姿色衰退，君主對他的寵愛冷淡下來，有事得罪了衛靈公。衛靈公說：「這個人本來就曾經假託我的命令，乘用我的車子，又曾經把他吃剩的桃子給我吃。」因此彌子瑕的行為，和當初並沒有什麼改變，可是以前所以受稱讚和後來所以獲罪的原因，是由於君主喜愛和憎惡的不同啊！所以受君主寵愛，智謀能合意，就更加親近；被君主憎惡了，智謀又不合意，就會獲罪而更加疏遠。所以勸諫遊說善於議論的人，不可不先考察君主的愛憎，然後才向君主進言。

像龍這種蟲，可以馴養熟習而騎在牠身上，可是牠的喉嚨下面有些逆生的鱗片，直徑一尺左右，假若有人觸犯牠的逆鱗，那麼牠一定會殺害那人。君主也有逆鱗，遊說的人能夠不去觸犯君主的逆鱗就差不多了。

析論

〈說難〉這篇文章，陳述遊說人君的困難，並且分析成功和失敗的原因，觀察敏銳，筆鋒犀利，條理非常清楚，是韓非的代表作之一。

全文從頭到尾，都緊扣著一個「難」字。分而析之，可以分為五個段落，來略加說明。」

第一段，從文章開頭「凡說之難」到「顯棄其身矣。此不可不察也」為止。作者指出遊說之難，難在知道人主的心理變化。每個君王的愛惡不同，表裡又不一致，這是遊說之「難」的關鍵所在。

第二段，從「夫事以密成」到「此說之難，不可不知也」為止，列舉了十五種足以危害生命的情況，來進一步說明遊說之難。作者用了七個「如此者身危」、六個「則以為」、兩個「則曰」，具體分析了向人君遊說的困難所在，而且說明了只要觸犯其中任何一個，都會有生命的危險。這是韓非對政治現實敏銳觀察得來的結論，反映出專制君王的凶橫殘暴，和遊說之士的可憐可悲。

第三段，從「凡說之務」到「以此相持，此說之成也」為止。作者從正面提出了十二種進言之術，以適應人君心理上各種不同的情況。韓非以為說者的要務，主要是在於「知飾所說之所矜，而滅其所恥」，先要博得人主的歡心，取得他的信任，然後才可以盡其辭辯。

第四段，舉鄭武公伐胡的史實和宋人亡財疑鄰等等的故事，來說明「非知之難也，處知則難也」的道理。

第五段，舉彌子瑕從受寵到失寵的經過情形，來說明君主的愛憎之變，是諫說談論之士所不可不察的。最後作者以「無嬰人主之逆鱗」作結，告訴遊說之士，千萬不可觸犯人主的逆鱗。

作者韓非是戰國時法家的集大成者，這篇文章也瀰漫著法家的功利思想，文中只求曲意迎合人主的好惡，不講正義，不論是非，為了施展抱負，不惜卑身以進，為了依附強權，不惜顛倒是非，這種不擇手段、不以為恥的法家思想，和儒家是大不相同的。不過，作者在議論敘事之中，周密的思考，敏銳的觀察，具體的論述，生動的文筆，都是這篇作品裡值得我們注意的優點。尤其是文中所反映出來的當時君主的凶暴，和說者的權謀，都足供研究戰國史的人參考。

有人說韓非是個絕頂聰明的思想家，但他卻被李斯逼死了，司馬遷在《史記・老莊荀韓列傳》中，曾經引錄〈說難〉一文，並且說：「余獨悲韓子為〈說難〉而不能自脫耳。」這真是一個可悲的歷史教訓，也是一個值得我們反省的問題。

五蠹

韓非子

上古之世，人民少而禽獸眾，人民不勝禽獸蟲蛇。有聖人作，構木為巢❶，以避群害，而民悦之，使王❷天下，號之曰有巢氏❸。民食果、蓏、蚌、蛤❹，腥臊惡臭，而傷害腹胃，民多疾病。有聖人作，鑽燧❺取火，以化腥臊，而民說之，使王天下，號之曰燧人氏❻。中古之世，天下大水，而鯀、禹決瀆❼。近古之世，桀、紂暴亂，而湯、武征伐。今有構木鑽燧於夏后氏❽之世者，必為鯀、禹笑矣；有決瀆於殷、周之世者，必為湯、武笑矣。然則今有美❾堯、舜、禹、湯、武之道於當今之世者，必為新聖❿笑矣。是以聖人不期修古⓫，不法常可⓬，論世之事，因為之備⓭。宋⓮人有耕者，田中有株⓯，兔走觸株，折頸而死，因釋其耒⓰而守株，冀⓱復得兔；兔不可復得，而身為宋國笑。今欲以先王之政，治當世之民，皆守株之類也。

古者，丈夫⓲不耕，草木之實足食也；婦人不織，禽獸之皮足衣也。不事力而養足⓳，人民少而財有餘，故民不爭。是以厚賞不行，重罰不用，而民自治。今人有五子不為多，子又有五子，大父[20]未死而有二十五孫。是以人民眾而貨財寡，事力勞而供養薄，故民爭。雖倍賞累罰[21]，而不免於亂。

堯之王天下也，茅茨不翦[22]，采椽不斲[23]，糲粢之食[24]，藜藿之羹[25]，冬日麑裘[26]，夏日葛衣[27]，雖監門[28]之服養，不虧於此[29]矣。禹之王天下也，身執耒臿[30]，以為民先，股無胈，脛不生毛[31]，雖臣虜[32]之勞，不苦於此矣。以是言之，夫古之讓天子者，是去監門之養，而離臣虜之勞也，故傳天下而不足多[33]也。今之縣令，一日身死，子孫累世絜駕[34]，故人重之。是以人之於讓也，輕辭[35]古之天子，難去[36]今之縣令者，薄厚之實[37]異也。夫山居而谷汲[38]者，膢臘而相遺以水[39]；澤居苦水[40]者，買傭而決竇[41]。故饑歲之春，幼弟不饟[42]；穰歲[43]之秋，疏客必食[44]。非疏骨肉、愛過客也，多少之實異也。是以古之易財[45]，非仁也，財多也；今之爭奪，非鄙[46]也，財寡也。輕辭天子，非高也，勢薄[47]也；重爭士橐[48]，非下[49]也，權重也。故聖人議多少、論薄厚，為之政。故罰薄不為慈，誅嚴不為戾，稱[50]俗而行也。故事因於世，而備適於事[51]。

【注釋】

❶ 搆：用木材架屋。一說，搆：同「構」。構木為巢：是說在樹上用枝幹架屋，像鳥巢一般。

❷ 王（音「忘」）：作動詞用，統治天下。

❸ 有巢氏：傳說中的遠古聖人，教導人民搆木為巢。

❹ 果：木本植物的果實。蓏（音「裸」）：草本植物的果實。蜯：同「蚌」。蛤：蛤蜊。

❺ 燧：取火的工具，有金燧、木燧兩種。晴天用金燧取火於日，陰天用木燧取火。

❻ 燧人氏：傳說中的遠古聖人，教導人民鑽木取火。

❼ 鯀：禹的父親。瀆（音「讀」）：通到大海的河流。古時以江、河、淮、濟為四瀆。決瀆：疏通河道。

❽ 夏后氏：禹受舜禪為天子，國號夏，亦稱夏后氏。后是君王，氏是族類。

❾ 美：稱讚。

❿ 新聖：指近世或當代的君主，等於荀子所說的「後王」。

⓫ 不期修古：不期望遵循遠古之世。

⓬ 常：經常、永恆的。可：宜，適當的辦法。不法常可：不效法常行的慣例。

⓭ 此二句是說：切合實際，因時制宜。

⓮ 宋：國名。周初封微子啟於宋，建都商丘。

⓯ 株：露在土外的樹根。一說，株是斷木、枯樹。

⓰ 釋：放下。耒（音「壘」）：起土的農具。

⓱ 冀：希望。

⓲ 丈夫：成年人的通稱。

⓳ 事力：就是出力做事，猶言工作。養：供養的物品。

⑳ 大父：就是祖父，也稱王父。

㉑ 累：重疊。倍賞累罰：就是把賞罰增加到一倍以上。也就是厚賞重罰的意思。

㉒ 茅茨（音「詞」）：用茅草蓋的屋子。茨：用茅草蓋屋，作名詞用，就是屋蓋。不翦：不剪齊，也就是不加修飾的意思。

㉓ 采：一作「棌」，木名，就是櫟木，可以作椽。椽（音「船」）：承荷屋頂的細長木材。不斲（音「濁」）：不砍削，不雕飾，也是不加修飾的意思。

㉔ 糲（音「力」）：粗粟。粢（音「茲」）：就是稷。黏的叫黍，不黏的叫稷。食：飯，食物。

㉕ 藜（音「梨」）：草名，葉子嫩時可食。藿（音「或」）：豆類的葉子。藜藿：泛指粗劣的食物。羹：肉汁或菜湯。

㉖ 麑（音「尼」）：小鹿。麑裘：用麑皮製成的皮裘。

㉗ 葛衣：葛是多年生蔓草，纖維可織為麻布。

㉘ 監門：守門的小吏。

㉙ 虧：微薄，短少。不虧於此：不比這種供養微薄。是說堯的生活很簡單，還不如守門者的衣食。

㉚ 身：親自。臿（音「插」）：同「鍤」，起土的農具，現在叫鍬。柄的部分叫耒，耒下的耜叫臿。

㉛ 股無胈，脛不生毛：股指腿從胯到膝的部分，俗語叫大腿；脛指從膝到踵的部分，俗語叫小腿。胈（音「拔」）：指股上細毛。股無胈，一作「股無完胅」，胅同「膚」。

㉜ 臣虜：僕役奴隸。

㉝ 不足多：不夠稱讚的程度，就是不值得稱讚。

㉞ 累世：數世。絜：約束，有繫綁的意思。絜駕：繫馬於車。累世絜駕：是說子孫好幾代都坐馬車，做大官。

㉟ 輕辭：易於辭讓。

㊱難去：難以捨棄。

㊲實：財物，這裡引申為實際的利益。

㊳谷汲：在山谷中汲水。

㊴膢（音「樓」）臘：膢、臘都是古代祭祀的名稱。膢祭是在二月祭飲食之神，臘祭是在十二月祭百神。遺（音「味」）：贈與的意思。

㊵澤居苦水：住在水澤的附近，常有水患的苦惱。

㊶買傭：僱傭工。決竇：疏浚水道。竇：通「瀆」，溝渠，水道。

㊷饟：同「餉」，就是拿食物給人吃。

㊸穰歲：豐年。

㊹疏客：疏遠的客人。食：同「飤」、「飼」，拿食物給人吃。

㊺易財：猶言輕財。

㊻鄙：吝嗇。

㊼勢薄：權力微薄。

㊽士橐：王先慎集解以為「士與仕同，橐與託通。」仕：做官。託：託足容身，也是做官的意思。士橐，一作「土橐」，土橐是低賤不值錢的東西。

㊾非下：不卑鄙。

㊿稱（唸去聲）：適應的意思。

51 此二句是說：政策隨著時代改變，而政治的設施也必須配合人民的需要。

【語譯】

上古的時代，人民少而禽獸多，人民不能剋制禽獸和蟲蛇。有位聖人出來，架起樹木，搭成鳥巢一樣的住所，來避免各種禽獸的侵害，因而人民喜歡他，就請他統治天下，稱他為有巢氏。人民吃瓜果蚌蛤等食物，氣味腥穢腐敗，傷害了腸胃，人民生病的很多。有位聖人出來，用鑽木的方法取出火來，教導人民熟食，來除掉生食的腥臊毒害，因而人民喜歡他，就請他統治天下，稱他為燧人氏。中古的時代，天下有洪水為災，鯀和禹父子先後疏導河流。近古的時代，夏桀、商紂暴虐無道，商湯、周武王率軍討伐。假如在夏朝的時候，有人構木為巢，鑽燧取火，一定會被鯀禹嗤笑的；在商朝、周朝的時代，有人疏通九州河道，一定會被商湯、周武王嗤笑的。照這樣說，假使現在有人讚美堯、舜、夏禹、商湯、周武王的作法，一定也會被現代的聖人所嗤笑了。因此，聖人不求遵循古制，不必效法成規，考查當前社會的情況，來做適當的因應。宋國有一個種田的人，田裡有枯樹根，一隻兔子奔跑時撞到樹根，撞斷頸子死了，他就放下他的鍬頭，守候在樹根旁邊，希望再度得到死兔。結果兔子沒有再得到，自己反而被宋國人所嗤笑。如果現在想用古代那些天子的政治主張，來治理現代的人民，都是像守株待兔的人一樣。

古時候，男人不用種田，草木的果實就夠吃了；婦女不用織布，禽獸的皮革就夠穿了。不用勞力工作，享用的東西就已經充足了，人民很少，財物卻很多，所以人民便不必爭奪。因此，厚賞用不著，重罰用不著，社會卻自然安定了。現在一個人有五個兒子不算多，每個兒子又有五個兒子，那麼祖父還在世就有二十五個孫子了。因此人民增多，貨物缺少，工作勞苦而享受菲薄，所以人民不得不爭奪。雖然加倍獎賞，加重處罰，還是免不了騷亂。

堯統治天下的時候，住的茅草屋頂沒有修剪整齊，櫟木的屋椽也沒有加以雕飾；吃的是粗米煮的飯，喝的是野菜、豆葉煮的湯；冬天披鹿皮，夏天穿葛衣，現在就是守門人的待遇，也不會比這個更差。禹統治天下的時候，親自拿著挖土的鍬頭，率先人民工作，弄得大腿上沒有細毛，小腿上也長不出毛來，現在即使是僕人的工作，也不會比這更辛苦的。拿這種情形來說，古人把天子的地位讓給別人，是放棄守門人的待遇，而擺脫了僕役的辛勞，所以把天下傳給別人，並不值得稱讚的。現在的縣令，一旦身死了，子孫好幾代都可以出門坐車子，所以一般人都看重這個官職了。因此人對於謙讓德行，易於辭去古代的天子，難以放棄現在的縣令，原因是由於享受的多寡實在差得太遠了啊！那些住在高山而到深谷裡汲水的人，碰到臘臘等節日，大家拿水當做禮物相互贈送；可是住在水澤附近，常有水災苦惱的人，卻要雇用工人疏浚水道，把水排泄出去。所以荒年的春日，自己的小弟弟也不給他飯吃；豐年的秋天，疏遠的客人也能招待飲食。這並不是疏遠了自己的親屬，而喜愛路過的陌生人，是因為物資的多少大不相同啊！所以古人輕視財物，並不是仁慈，是因為財物多；今人爭奪財物，也不算貪鄙，是因為財物少。輕易地辭去天子，並不是人格高尚，而是因為權柄有限；盡力去爭取職位，並不是人格卑下，而是因為權力太大。因為聖人研究物資的多少，考量待遇的厚薄，來從事政治的設施。所以責罰輕微了，不見得是仁慈；懲治嚴厲了，不見得是暴戾，都只是適應社會的風尚來施行而已。所以政事要隨著時代改變，政治的設施必須配合政策。

古者文王處豐、鎬之間[1]，地方百里，行仁義而懷西戎[2]，遂王天下。徐偃王[3]處漢東，地方五百里，行仁義，割地而朝者三十有六國。荊文王[4]恐其害己也，舉兵伐徐，遂滅之。故文王行仁義而王天下，偃王行仁義而喪其國，是仁義用於古，而不用於今也。故曰世異則事異[5]。當舜之時，有苗[6]不服，禹將伐之。舜曰：「不可。上德不厚而行武，非道也。」乃修教三年，執干戚舞[7]，有苗乃服。共工[8]之戰，鐵銛短者及乎敵[9]，鎧甲[10]不堅者傷乎體。是干戚用於古，不用於今也。故曰：事異則備變[11]。上古競於道德，中世逐於智謀，當今爭於氣力[12]。齊將伐魯，魯使子貢說之。齊人曰：「子言非不辯[13]也，吾所欲者土地也，非斯言所謂也。」遂舉兵伐魯，去門[14]十里以為界。故偃王仁義而徐亡，子貢辯智而魯削，以是言之，夫仁義、辯智，非所以持國[15]也。去偃王之仁，息[16]子貢之智，循徐、魯之力[17]，使敵萬乘，則齊、荊之欲，不得行於二國矣。

夫古今異俗，新故異備。如欲以寬緩之政[18]，治急世[19]之民，猶無轡策而御駻馬[20]，此不知[21]之患也。今儒、墨皆稱先王兼愛天下，則視民如父母[22]。何以明其然也？曰：「司寇[23]行刑，君為之不舉樂[24]；聞死刑之報[25]，君為流涕。」此所舉[26]先王也。夫以君臣為如父子則必治，推是言之，是無亂父子[27]也。人之情性，莫先於父母[28]，皆見愛，而未必治也。雖厚愛矣，奚遽[29]不亂？今先王之愛民，不過[30]父母之愛子，子未必不亂也，則民奚遽治哉！且夫以法行刑，而君為之流涕，此以效[31]仁，非以為治也。夫垂泣不欲刑者，仁也；然而不可不刑者，法也。先王勝其法[32]，不聽其泣，則仁之不可以為治，亦明矣。且民者，固服於勢，寡能懷於義[33]。仲尼，天下聖人也，修行明道以遊海內，海內說[34]其仁，美其義，而為服役者七十人[35]。蓋貴仁者寡，能義者難也，故以天下之大，而為服役者七十人，而仁義者一人[36]。魯哀公，下主[37]也，南面君國[38]，境內之民，莫敢不臣。民者固服於勢，勢誠易以服人。故仲尼反為臣，哀公顧[39]為君；仲尼非懷其義，服其勢也。故以義，則仲尼不服於哀公；乘勢[40]，則哀公臣仲尼。今學者之說[41]人主也，不乘必勝之勢，而曰：「務行仁義，則可以王。」是求人主之必及仲尼，而以世之凡民皆如列徒[42]，此必不得之數㊸也。

【注釋】

❶文王：或作「大王」，又作「太王」。據上下文的意思，應為文王。文王為太王之孫、武王之父。豐：在今陝西鄠縣東北。鎬（音「浩」）：在今陝西長安縣西南。周代京都，太王在岐，文王遷豐，武王遷鎬。

❷懷：安撫。西戎：我國古代用以稱西方的民族。

❸徐偃王：周穆王時徐國的君主，以仁義治國，愛護人民，江淮一帶的諸侯，服從他的有三十六國（一說三十二國）。徐國故城在今安徽泗縣附近。

❹荊文王：就是楚文王。荊為楚國的舊名。楚文王為熊貲，上距周穆王約三百年。

❺世異則事異：時代不同，那麼政策也就不同。

❻有：語首助詞。有苗：指居於西南邊遠各地的苗族。

❼執干戚舞：手裡拿著干戚舞蹈。干是盾，戚是斧。古時樂舞，有文舞，有武舞，文執羽旌，武執干戚。

❽共工：古代部落的名稱。顓頊、堯、禹時，都曾伐過共工。

❾鐵銛（音「先」）：攻敵的兵器。短者及乎敵：是說兵器短，易被敵人擊中。短：一作「距」。距，同「鉅」，大的意思。鉅者及乎敵：是說可自遠處攻擊敵人。

❿鎧甲：古代戰時所穿的護身衣。用皮製的叫做甲，用金製的叫做鎧。

⓫事異則備變：政策改變，因應的措施也要隨之改變。

⑫上古競於道德：指唐虞禪讓的傳說而言。中世逐於智謀：指春秋時代的朝覲會同而言。當今爭於氣力：指戰國時代的武力攻戰而言。
⑬辯：分析清楚。
⑭去：距離。門：魯國首都的城門。
⑮持國：保國。
⑯息：休止。
⑰循徐、魯之力：加強徐、魯原有的兵力。劉師培《韓非子斠補》說「循」當作「修」。
⑱寬緩之政：指儒家所提倡的仁政。
⑲急世：動亂的時代。
⑳轡：馬韁。策：馬鞭。御：駕御車馬，亦作「馭」。駻馬：凶猛不馴的馬。此句是說：就像是沒有轡策而去駕駛凶猛的馬。
㉑知：同「智」，智慧。
㉒視：看待。視民如父母：是說先王對待人民就像父母對待孩子。
㉓司寇：古代刑官的名稱。
㉔舉樂：猶言作樂。
㉕報：斷獄，把判罪的結果報告上級。
㉖舉：稱說，提出。
㉗亂父子：就是父不慈，子不孝，而相為暴亂。一說，「父」為衍字。
㉘先：意為在先，也就是最重要、最深厚。一說，「先」應作「憂」。莫先於父母：人類的情性，沒有比父母對於子女的情愛更深厚的。
㉙奚遽：豈能的意思。

㉚不過：不能超過。

㉛效：表現。

㉜勝：是任或行的意思。先王勝其法：是說先王最後仍然依法行刑。

㉝固：本來。懷：歸向。此二句是說：人民本來就會對於權勢服從，卻很少能歸向仁義。

㉞說（音「月」）：同「悅」。

㉟為服役者七十人：是說接受他的教化，為他效力的有七十多人。七十人，孔子弟子優秀的有七十二人，七十是舉成數。

㊱一人：指孔子。

㊲下主：下等的君主。

㊳南面：此處指君主。古代君主的座位坐北向南，所以用南面形容君主。君：作動詞用，統治，治理。君國：統治國家。

㊴顧：反，反而。

㊵乘：運用，憑恃。乘勢：運用權勢。

㊶說（音「稅」）：勸告。

㊷列徒：猶言諸生，這裡指孔子的七十二弟子。

㊸數：定數，定理。必不得之數：這是絕對做不到的事。

【語譯】

從前周文王住在豐、鎬二地之間，領土百里見方，施行仁義的政治，安撫了西戎各部族，後來統治了天下。徐偃王住在漢水的東岸，領土有五百里見方，施行仁義的政治，諸侯奉獻土地前往朝謁的有三十六國。楚文王恐怕他會侵害自己，便派遣軍隊去攻打徐國，終於滅掉了它。周文王施行仁義的政治，就統治了天下；徐偃王施行仁義的政治，卻喪失他的國家。照這樣說，仁義可以適用在古代，卻不適用在現代了。所以說：時代不同，政策也應該改變。當虞舜統治天下的時候，苗族不肯服從，禹打算出兵攻打它。虞舜說：「不可以，高尚的德行還沒培養深厚，就使用武力，是不合乎道理的。」於是加強施行教化，過了三年，人民拿著盾牌和斧頭對著苗人舞蹈；苗族才樂意服從。但是和共工作戰時，使用短的武器，就被敵人打到，戰甲不堅牢，身體便會受傷。照這樣看，盾牌和斧頭是適用於古代，而不適用於現代的。所以說：事情改變了，各種措施也要隨著改變，大概上古在道德上競賽，中世在智謀上爭勝，當今在氣力上比美。齊國打算攻打魯國，魯國派遣子貢到齊國去遊說。齊國人說：「你說的話不是沒有道理，可是我們想獲得的是土地，不是你說的這些道理。」於是出兵攻打魯國，距離魯國首都城門十里的地方做為國界。所以徐偃王施行仁義，徐國卻滅亡了；子貢有辯才和智慧，魯國卻被侵削了。照這樣說，那仁義和辯智，並不是可以用來保衛國家的東西。除去徐偃王的仁義，停止子貢的智辯，加強徐國和魯國的力量，使能對抗有萬輛兵車的大國，那麼齊國和荊國的野心，就不能施展到徐、魯兩國了。

古今的習俗不同，新舊的政治設施也有差異。假如要用寬大和緩的政策，去治理動亂時代的人民，就像沒有馬轠和馬鞭，卻去駕御凶猛的馬，這是不聰明的弊病。現在儒家和墨家都說：古代的聖王對於天下的人民，是普遍慈愛的，看待人民就像父母（看待子女）一樣。

怎樣知道是這種情形呢？（他們）說：「司法機關執行刑法的時候，君主就因此而不奏樂；聽到了死刑的判決報告，君主就因而流下眼淚。」這是他們所提出的古代聖王的事例。假使以為君主和人民能像父子一樣，那麼國家一定安定，拿這種道理來推論，那應該是沒有不慈不孝的父子了。人類的情性沒有比父母對子女的愛更深厚的，可是他們的關係卻未必是親和的。雖然有深厚的慈愛，怎麼就能保證沒有悖亂呢？假如古代聖王愛人民的心，不能超過父母愛子女的心，子女未必不悖亂，那麼人民又怎麼就能安定呢？並且按照法律來執行刑法，君主卻因而流下眼淚，這是用以表示仁慈，並不是用來辦理政事的方法。流下眼淚不願意殺人，是由於仁慈；可是不能不殺，是為了法律。古代的聖王執行法律，卻不去聽那悲泣，那麼仁慈不能用來統治人民，也就很明顯了。況且人民本來就服從權勢，卻很少能顧念仁義。孔子是天下的聖人，修治他的德行，闡揚他的道理，周遊海內各地，海內各地的人愛好他的仁道，讚美他的義理，而接受他的教化，為他奔走效力的，有七十人左右。因為重視仁道的人少，能夠實踐義理的也很難得，所以以天下這麼大，而肯接受他的教化，為他奔走效力的，才不過七十人左右，真能做到仁義的只有孔子一個人。魯哀公是一位下等的君主，面向南方坐著，統治國家，魯國境內的人民，沒有敢不服從的。人民本來就是服從權勢，權勢也確實易於統治人民。所以孔子反而做臣子，哀公反而做君主；孔子並不是嚮慕他的仁義，而是服從他的權勢啊。所以假如依照仁義，那麼孔子就不會服從哀公；運用權勢，哀公就可以使孔子臣服。現在一般有學問的人勸說君主的時候，不去運用必能取勝的權勢，反而說：

「努力去推行仁義，就可以統治天下」，這是要求做君主的人，一定要趕上孔子，而把世間平庸的人民都當成孔門的門徒一般，這是絕對辦不到的事。

今有不才之子，父母怒之弗為改，鄉人譙[1]之弗為動，師長教之弗為變。夫以父母之愛，鄉人之行[2]，師長之智，三美加焉，而終不動其脛毛[3]，不改。州部之吏[4]，操官兵[5]，推公法，而求索姦人，然後恐懼，變其節[6]，易其行矣。故父母之愛，不足以教子，必待州部之嚴刑者，民固驕於愛，聽於威矣[7]。故十仞[8]之城，樓季[9]弗能踰者，峭也；千仞之山，跛牂易牧者[10]，夷[11]也。故明主峭其法，而嚴其刑也。布帛尋常[12]，庸人不釋[13]；鑠金百鎰[14]，盜跖不掇[15]。不必害，則不釋尋常；必害手，則不掇百鎰。故明主必其誅也。是以賞莫如厚而信，使民利之；罰莫如重而必[16]，使民畏之；法莫如一而固[17]，使民知之。故主施賞不遷[18]，行誅無赦。譽輔其賞[19]，毀隨其罰，則賢不肖俱盡其力矣。

今則不然。以其有功也爵之[20]，而卑其士官[21]也；以其耕作也賞之，而少[22]其家業也；以其不收也外之[23]，而高其輕世也；以其犯禁也罪之，而多其有勇也[24]。毀譽賞罰之所加者，相與悖繆[25]也，故法禁壞，而民愈亂。今兄弟被侵，必攻者，廉[26]也；知友被辱，隨仇[27]者，貞也。廉貞之行成，而君上之法犯矣。人主尊貞廉之行，而忘犯禁之罪，故民程[28]於勇，而吏不能勝[29]也。不事力[30]而衣食，則謂之能；不戰功而尊，則謂之賢。賢能之行成，而兵弱而地荒矣。人主說賢能之行，而忘兵弱地荒之禍，則私行立而公利滅矣。

儒以文亂法，俠以武犯禁，而人主兼禮之，此所以亂也。夫離法者罪，而諸先生以文學取[31]；犯罪者誅，而群俠以私劍養[32]。故法之所非，君之所取；吏之所誅，上之所養也。法、取、上、下[33]，四相反也，而無所定，雖有十黃帝，不能治也。故行仁義者非所譽[34]，譽之則害功；工文學者非所用，用之則亂法。楚有直躬[35]，其父竊羊而謁之吏。令尹[36]曰：「殺之」，以為直於君而曲於父，報[37]而罪之。以是觀之，夫君之直臣，父之暴子[38]也。魯人從君戰，三戰三北[39]。仲尼問其故，對曰：「吾有老父，身死莫之養也。」仲尼以為孝，舉而上之[40]。以是觀之，夫父之孝子，君之背臣[41]也。故令尹誅而楚姦不上聞，仲尼賞而魯民易降北，上下之利若是其異也，而人主兼舉匹夫之行[42]，而求致社稷之福，必不幾[43]矣。

【注釋】

❶ 譙（音「俏」）：同「誚」，意為譏誚、責備。

❷ 行：德行，這裡有勸告的意思。

❸ 終不動其脛毛：結果連他小腿上的毛都動不了。意思是說對他毫無作用。

❹ 州部之吏：泛指下級地方官。

❺ 操：率領，指揮。操官兵：率領官軍。

❻ 變其節：改變他平日的志向。

❼ 驕於愛，聽於威：對於慈愛就放肆，對於威勢就服從。

❽ 仞：古以周尺八尺（或七尺）為一仞。

❾ 樓季：魏文侯的弟弟，善跳越。

❿ 跛牂（音「簸髒」）：跛足的母羊。牧：放牧。

⓫ 夷：平。

⓬ 尋常：八尺為尋，兩尋為常。

⓭ 釋：捨棄。

⓮ 鑠（音「朔」）金：用火鎔化的黃金。鎰：二十四兩。

⓯ 跖：古時大盜，通稱盜跖。掇（音「奪」）：拾取。盜跖不掇：是說連拾取都不肯，遑論搶奪。

⓰ 必：堅決。

⓱ 一：統一。固：確定，不輕易變更。

⓲ 施賞不遷：行賞絕不遷延。

⑲ 譽輔其賞：對於獎賞的人都予以稱讚。

⑳ 爵之：尊崇他，封給他爵位。爵和下文的「賞」同義。

㉑ 士官：仕宦的意思。士，通「仕」；官、宦，一聲之轉。仕宦，猶言官職。

㉒ 少：輕視的意思。

㉓ 外：疏遠。以其不收也外之：因為他不肯接受官爵就疏遠他。

㉔ 犯禁：觸犯禁令。罪：治罪。多：稱譽。此二句指的是游俠。

㉕ 相與悖繆：互相矛盾。

㉖ 廉：端正的行為。這裡是指助人報仇，被認為是俠義的行為。

㉗ 隨仇：就是追逐仇人，加以報復。

㉘ 程：本意是量米穀，引伸為量一切事物，這裡是較量勇力。一說，程：通「逞」。

㉙ 勝：制服。

㉚ 不事力：不用勞力。

㉛ 離：通「罹」。離法：犯法。諸先生：指儒家。文學：指儒家學術。取：得到錄用。

㉜ 誅：懲罰。私劍：猶言暗殺。養：得到供養。

㉝ 法：指法之所非。取：指君之所取。上：指上之所養。下：指吏之所誅。

㉞ 非所譽：不應該稱譽的。

㉟ 直躬：以直道約束自己的人。《論語．子路篇》：「吾黨有直躬者，其父攘羊，而子證之。」一說，直躬是人名。

㊱ 令尹：春秋時楚國的官名，諸侯各國稱卿，稱相，楚國稱令尹。

㊲ 報：判罪。

㊳ 暴子：逆子。

㊴ 此句所舉為魯卞邑大夫卞莊子的故事，見《韓詩外傳》及《新序・義勇篇》，不過都說是養母。北：古「背」字，指軍敗奔逃。

㊵ 舉而上之：推薦而且尊崇他。

㊶ 背臣：叛臣。

㊷ 而：假設連詞，假如。兼舉：兼用並取。匹夫：常人。行：意為德行。

㊸ 不幾：無望，沒有希望。

【語譯】

現在有一位不成材的年輕人，父母責備他，不知悔悟；同鄉譏誚他，也不動心；師長教導他，也不改進。用父母的愛心，同鄉的督促，和師長的智慧，這三方面的好意對待他，也始終動不了他腿上的一根毛，沒有絲毫的效用。等到地方的官吏率領官兵，執行國法，來搜捕邪惡份子，然後他才害怕，改變了他的習氣，改正了他的行為。所以父母的愛心，不足以教導兒子，一定要等到地方官吏執行嚴厲的刑法，才發生效用，是因為人民本來受到慈愛就驕縱，見了威勢才服從啊。因此十仞高的城牆，即使是樓季也不能爬過去，是因為城牆太陡了；千仞高的山，即使是跛腳的母羊，也容易到上面放牧，是因為山的坡度平坦的緣故。所以英明的君主，要制定嚴峻的法律，並且執行嚴厲的刑法。八尺一丈多的布帛，一般人也不肯放棄；百鎰正在銷鎔的黃金，盜跖也不會搶掠。不一定會受害，就不肯放棄八尺一丈多的布帛；一定會傷手，就不肯去搶掠百鎰的鎔金。所以，英明的君主一定要切實執行誅罰。因此，獎賞最好是豐厚而且信實，使人民追求它；誅罰最好是嚴厲而且堅決，使人民畏懼它；法律最好是統一而且固定，使人民注意它。所以君主給與獎賞，絕不改變；執行誅罰，絕不寬赦。用稱譽來肯定所獎賞的人，用詆毀來對付所誅罰的人，那麼賢和不肖的人，就會都為君主盡力了。

現在卻不是這樣。因為他有戰功而封給他爵位，卻又輕視他的軍職；因為他耕種生產而給他獎賞，卻又輕視他的產業；因為他不肯接受官位而棄置他，卻又敬重他的看輕功名；因為他觸犯法令而懲罰他，卻又稱讚他有勇氣。對人詆毀、稱讚，獎賞、懲罰，都自相抵觸，所以法律和禁令被破壞了，人民也更混亂了。現在假使兄弟被侵犯了，一定要反攻，認為這才是方正的表現；親密的朋友被侮辱了，要追逐仇人，認為這才是堅強的表現。方正堅強的行為形成了，可是君主的法律禁令卻被破壞了。君主崇尚方正堅強的行為，卻忽略了破壞法律禁令的罪過，所以人民任意較量勇力，而官吏也無法制止了。不做事勞動而能穿衣吃飯，就稱他為能；沒有戰功而居高位，就稱他為賢。賢和能的品德形成了，可是軍隊卻疲弱了，土地卻荒蕪了。君主喜歡賢能的品德，卻忽略了軍隊疲弱、土地荒蕪的禍害，結果私人的德行建立了，而國家的利益卻消失了。

儒家拿文學擾亂法律，游俠用暴力破壞禁令，可是君主卻都同樣禮遇他們，這就是國家騷亂的緣故。違法的應該治罪，可是許多儒生卻由於精於文學而被選用；犯罪的應該誅罰，可是許多游俠卻由於好用武藝而被蓄養。因此法律認為錯誤的，正是君主所取用的；官吏要誅罰的，正是君主所蓄養的。法令禁止的，君主取用的，君主蓄養的，臣下誅罰的，四者完全相反，卻不能確定哪一個才對，這樣縱使有十位像黃帝那樣的君主，也不能把國家治理好。所以對推行仁義的人，不應該稱譽，稱譽了他們，就會妨害事功；對精於文學的人，不應該提拔，提拔他們就會擾亂法律。楚國有一位注重直道的人，他父親偷了人家的羊，他就去向官吏告發。楚國的令尹說：「殺掉他罷。」認為他對於君主雖然正直，對於父親卻未免忤逆，便判了他的罪。由此看來，君主的忠臣，卻是父親的逆子。魯國有一個人跟隨君主去打仗，三次作戰，三次敗逃。孔子問他原因，他回答說：「我有年老的父親，假使我戰死了，就沒有人奉養他。」孔子認為他很孝順，就把他推薦上去。由此看來，父親的孝子，卻是君主的叛臣。所以楚國的令尹誅罰那位報告父親偷羊的，楚國姦惡的事情，便不再有人向上面反映；孔子獎勵那位打敗仗的，魯國人作戰時就容易投降或逃走。君主和臣民的利益是這樣的不一致。假如君主同時又要獎譽個人的德行，又要求取國家的福利，一定是沒有達到目的的希望。

古者，蒼頡之作書❶也，自環者謂之私，背私謂之公❷。公私之相背也，乃蒼頡固以❸知之矣。今以為同利者，不察之患也。然則為匹夫計者，莫如修

行義而習文學。行義修則見信，見信則受事[4]；文學習則為明師，為師則顯榮：此匹夫之美也。然則無功而受事，無爵而顯榮，為政如此，則國必亂，主必危矣。故不相容之事[5]，不可兩立也。斬敵者受賞，而高慈惠之行；拔城者受爵祿，而信兼愛之說；堅甲厲兵[6]以備難，而美薦紳[7]之飾；富國以農，距[8]敵恃卒，而貴文學之士；廢敬上畏法之民，而養游俠私劍之屬。舉行[9]如此，治強不可得也。國平[10]養儒俠，難至用介士[11]，所利非所用[12]，所用非所利。是故服事者簡其業[13]，而游學者日眾，是世之所以亂也。

且世之所謂賢者，貞信之行也；所謂智者，微妙之言也。微妙之言，上智之所難知也。今為眾人法[14]，而以上智之所難知，則民無從識之矣。故糟糠不飽者，不務粱肉[15]；裋褐不完者，不待文繡[16]。夫治世之事，急者不得，則緩者非所務也。今所治之政，民間之事、夫婦[17]所明知者不用，而慕上智之論，則其於治反矣。故微妙之言，非民務也。若夫賢[18]貞信之行者，必將貴不欺之士；貴不欺之士者，亦無不可欺之術也。布衣[19]相與交，無富厚[20]以相利，無威勢以相懼也，故求不欺之士。今人主處制人之勢，有一國之厚，重賞嚴誅，得操其柄[21]，以修明術之所燭[22]，雖有田常[23]、子罕[24]之臣，不敢欺也，奚待於不欺之士！今貞信之士不盈於十[25]，而境內之官以百數；必任貞信之士，則人不足官。人不足官，則治者寡，而亂者眾矣。故明主之道，一法而不求智，固術而不慕信[26]。故法不敗，而群官無姦詐矣。

今人主之於言也，說其辯[27]，而不求其當[28]焉；其於行也，美其聲[29]，而不責其功焉。是以天下之眾，其言談者，務為辯而不周[30]於用。故舉先王、言仁義者盈廷[31]，而政不免於亂；行身[32]者競於為高而不合於功，故智士退處巖穴，歸祿[33]不受，而兵不免於弱，政不免於亂，此其故何也？民之所譽，上之所禮，亂國之術也。今境內之民皆言治，藏商、管之法[34]者家有之，而國愈貧；言耕者眾，執耒者寡也。境內皆言兵，藏孫、吳之書[35]者家有之，而兵愈弱；言戰者多，被甲者少也。故明主用其力，不聽其言[36]；賞其功，必禁無用[37]。故民盡死力以從其上，夫耕之用力也勞，而民為之者，曰：可得以富也；戰之為事也危，而民為之者，曰：可得以貴也。今修文學，習言談，則無耕之勞而有富之實，無戰之危而有貴之尊，則人孰不為也？是以百人事智，而一人用力[38]。事智者眾則法敗，用力者寡則國貧，此世之所以亂也。故明主之國，無書簡之文，以法為教；無先王之語，以吏為師[39]；無私劍之捍[40]，以斬首為勇。是以境內之民，其言談者必軌㊶於法，動作者歸之於功，為勇者盡之於軍。是故無事則國富，有事則兵強，此之謂王資㊷。既畜王資，而承敵國之釁㊸，超五帝、侔三王者㊹，必此法也。

【注釋】

❶ 蒼頡：一作「倉頡」，黃帝時史官，創制文字。作書：造字。

❷《說文》曾引用這兩句話，作「自營為厶。」厶：古私字。古時寫作「ㄙ」，是自己繞圈的形狀。營、環二字，雙聲，義亦相通。《說文》：「公，從八厶，八猶背也。」此二句是說：營求自己的利益叫做私，和私相反的活動叫做公。

❸ 固以：固已，早已。固：本來。以：古通「已」。

❹ 受事：獲得職位。

❺ 不相容之事：有矛盾的事。

❻ 甲：指鎧甲。厲：同「礪」，就是磨之使利。兵：兵器。

❼ 紳：束腰的大帶。薦紳：指緩帶插笏的儒服。古代仕宦插笏於帶。

❽ 距：通「拒」。

❾ 舉行：用人和行事。

❿ 國平：國家承平之時。

⓫ 難至：變難發生時。介士：就是武裝的軍人。

⑫所利：享受利益的人，也就是被獎賞的人。所用：被使令的人，也就是效力的人。此句〈顯學篇〉作「所養非所用」。

⑬服事：猶言任事，指農人與戰士。簡：慢忽，懈怠。業：工作。

⑭為眾人法：做大家的榜樣。

⑮糟：釀酒所餘的糟粕。糠：穀皮。糟糠：指窮人所吃的粗糙食物。務：猶言追求。粱肉：指富人所吃的精美食物。

⑯裋（音「術」）：《說文》：「敝布襦也。」字亦作「襡」。裋褐：《荀子．大略篇》作「豎褐」，僮僕所穿的粗布衣服。完：完好，沒破。待：期望。文繡：繡有文采的衣服。

⑰夫婦：泛指一般老百姓。

⑱賢：作動詞用，和下句的「貴」字，都有崇尚的意思。

⑲布衣：猶言平民。

⑳厚：財富。

㉑柄：權柄。

㉒修明：整備的意思。術：統治的方法。燭：作動詞用，意為照射。一說，明術：高明的手段。「修」字疑衍。

㉓春秋時，陳公子完以國難逃到齊國，改姓田氏，他的子孫代代做齊國的卿，傳到田常，弒齊簡公，立平公，專齊政。後來他的後代併吞齊國。田常：本名恆，漢朝人因為避文帝諱改為常。

㉔子罕：古代有兩個子罕，一是指春秋時的宋樂喜，他是宋國優秀的大夫，無欺君弒君之事。一是指戰國初年的子罕，本篇及〈外儲說右下〉、〈說疑〉、〈忠孝〉等篇所提到的子罕，都是此人。他所劫持的君王，是戰國時代的宋昭公，不是春秋時的宋昭公。

㉕不盈於十：不滿十人。

㉖一：是「專」的意思。固：是「堅」的意思。固術：堅守治術。一法而不求智：是說任法而不任智。固術而不慕信：是說任術而不任信。

㉗說：同「悅」。辯：巧言。

㉘當（音「蕩」）：妥當、合理的意思。

㉙聲：虛名。

㉚周：合的意思。

㉛盈廷：充斥朝廷。形容遊說的儒士很多。

㉜身：自身的品節。行身：猶言立身，是說使品節傳布於社會，也就是建立品節。

㉝歸祿：辭去祿位。這裡是說智士以隱遯為高。

㉞商管之法：就是商鞅、管仲講法治的書。商君、管子都主張法治，也重視農事。

㉟孫吳之書：指孫武、吳起的兵書。

㊱力：耕戰的力量。言：耕戰的談論。

㊲賞其功：獎賞耕戰的成效。禁無用：禁止無實際效用的談論。

㊳事智：修習文學言談。用力：指耕戰。

㊴無先王之語：顧廣圻《韓非子識誤》謂「王當作生」。先生之語，猶言師說。戰國時百家爭鳴，各有傳授，莫衷一是，所以韓非子主張「無先生之語」。以吏為師：就是以官吏教導人民，學習法律。

㊵捍：通「悍」。無私劍之捍：不准游俠暗殺逞強。

㊶軌：遵守。

㊷王資：成為帝王的憑藉。

㊸畜：通「蓄」，聚積。承：通「乘」。亹：同「釁」，間隙。

㊹超：勝過。五帝：指黃帝、顓頊、帝嚳、堯、舜。侔：齊，等。三王：指三代開國的君王，夏禹、

商湯、周文武王。

【語譯】

從前蒼頡創造文字的時候，用自己繞圈的形狀，表示自私的「厶」，和「私」相反的就稱為「公」。公和私相反，蒼頡時早就知道了。現在以為公私的利益一致，是沒有仔細研究的錯誤。既然如此，那麼為個人打算，最好是修行仁義和學習文學。仁義修行好，就被君主敬信；被君主敬信，就可以獲得職位。文學學習好，就可以成為有名的老師；成為有名的老師，就可以獲得尊榮，這是個人最美好的事。這樣，沒有功勞卻能獲得職位，沒有官爵卻能享受尊榮，如此辦理政治，那麼國家一定會騷亂，君主必然會危險了。所以不能相互容納的事，是不能同時並存的。殺敵的受獎賞，卻敬重仁愛的德行；攻佔城邑的獲得爵祿，卻信仰兼愛的學說；用堅甲利兵防備急難，卻稱美薦紳的服飾；用農夫使國家富足，靠兵士抵抗強敵，卻重視精於文學的儒生；敬上畏法的人廢棄不用，卻蓄養游俠刺客一類的人。這樣用人行事，要獲得安定和富強是不可能的。國家無事就蓄養儒生和游俠，急難臨頭就起用介冑武士，享受爵祿的不是為國效力的人，為國效力的人不是享受爵祿的。因此，服役的人便怠忽他們的工作，而游學的人卻一天比一天多，這就是天下所以騷亂的原因。

況且世人所說的賢人，指有貞固誠信的德行；所說的智士，指有幽深精妙的言論。幽深精妙的言論，智慧很高的人也都難以了解。假如現在為大眾立法，卻用智慧很高的人都難於了解的話，那麼一般人就無法懂得了。所以連糟糠都不能吃飽的人，不要求吃粱肉；連麻布衣服都無法完好的人，不期待穿繡有文采的衣服。管理國家的事情，如果急迫需要的還不能獲致，那麼可以緩慢辦理的便不必急著辦。現在所管理的政事，和日常生活有關的事，普通男女都能了解的道理都捨棄不用，卻去愛好智慧很高的人的言論，這是和政治的管理原則相違反的。所以幽深精妙的言論，並不是一般人所需要的。至於尊崇貞固誠信的德行，一定要看重不欺之士；看重不欺之士的君主，也沒有不受欺騙的方法。平民相互交往，沒有財富寶物來互相利用，沒有威勢來互相威脅，所以要尋求不欺之士。現在君主站在統治人民的地位，擁有全國的財富，能夠掌握重賞嚴罰的權柄，安排洞燭一切的治術來監督臣下，雖然有像從前齊國田常和宋國子罕那樣的臣子，也不敢欺騙的，又何必期待著不欺之士呢！現在貞固誠信的士人，全國也不滿十位，可是國內的官吏卻要以百做單位來計算；假使一定要任用貞固誠信的士人，那麼這種士人便不夠任用了。這種士人不夠任用，那麼辦得好的地方就會少，辦得壞的地方就會多了。所以英明的君主辦理政治，是統一法律而不尋求聰智的人，堅守治術而不愛好貞信的人。因此法律不會敗壞，而且所有的官吏也沒有姦詐的了。

現代君主對於游士的言論，喜歡它的巧妙，而不要求它的合理；對於游士的品行，讚美它的聲譽，而不責成它的實效。因此天下的人，他們所談論的，專門要求把話說得巧妙，卻不合於實際的需要。所以稱道古代的聖王、講說仁義的道理的人，充滿朝廷，可是國家的政治仍然不能免於混亂。想建立名節的人，力求清高卻不顧及實用。所以有才智的人，隱居在深山洞穴，謝絕君主的俸祿，以致國家的軍隊不免趨於疲弱，政治也不免趨於混亂，這是什麼緣故呢？是由於人民所稱譽的，君主所尊禮的，都是亂國的方法呀。現在國內的人民都在談論政治，家家都藏有商鞅、管仲講法治的書，可是國家卻更加貧窮；因為談論農事的多，實際拿著耒耜種田的卻很少。國內的人民都在談論軍事，家家都藏有孫武、吳起的兵書，可是軍隊卻更加疲弱；因為談論軍事的多，穿著鎧甲去作戰的少。所以英明的君主，使用人民的力量，不聽他們對農事的意見；獎賞人民的功勞，必須禁止無用的談論。所以人民都拚命出力來跟隨君主做事。種田用的力量大，可是人民肯去耕田，因為他們說：「種田可以得財富。」打仗是最危險的事，可是人民肯去打仗，因為他們說：「打仗可以獲顯貴。」假如現在研究文學，學習言談，沒有種田的辛苦，卻有財富的實惠，沒有打仗的危險，卻有很高的職位，那麼一般人哪個不這樣做呢？因此，有一百個人在用智慧，只有一個人在賣力氣。用智慧的人多，法制就會敗壞；賣力氣的少，國家就會貧窮，這就是天下所以混亂的緣故啊。所以明主統治的國家，沒有寫在簡冊上的文字，拿法律教導人民；沒有先生的傳授，用官吏來做模範；沒有私自刺殺的逞強，只有以作戰殺敵為勇敢。因此國內的人民，談論的人一定要依照法律，工作的人一定要歸結到有實效，勇敢的人一定要在軍中盡力作戰。所以平時無事國家一定富足，戰時軍隊必然強盛，這就是所謂帝王的資本。既然培養了帝王的資本，又能利用敵國的缺漏，那麼建立超越五帝、等同三王的功業，一定要靠這種方法呀。

今則不然。士民縱恣於內，言談者為勢於外❶。內外稱惡❷，以待強敵，不亦殆乎！故群臣之言外事❸者，非有分於從衡❹之黨，則有仇讎之忠❺，而借力於國也。「從」者，合眾弱以攻一強也；而「衡」者，事一強以攻眾弱也，皆非所以持國也。今人臣之言衡者，皆曰：「不事大，則遇敵受禍矣。」事大必有實❻，則舉圖而委❼，效璽而請兵❽。獻圖則地削，效璽則名卑；地削則國弱，名卑則政亂矣。事大為衡，未見其利也，而亡地亂政矣。人臣之言從者，皆曰：「不救小而伐大，則失天下❾；失天下則國危，國危而主卑。」救小必有實，則起兵而敵大矣。救小未必能存，敵大未必不有疏，有疏則為強國制矣。出兵則軍敗，退守則城拔。救小為從，未見其利，而亡地敗軍矣。是故事強，則以外權士官於內❿；救小，則以內重求利於外⓫。國利未立，封土厚祿至矣；主上雖卑，人臣尊矣；國地雖削，私家富矣。事成，則以權長重；事敗，則以富退處⓬。人主之聽說於其臣，事未成，則爵祿已尊矣；事敗而弗誅，則游說之士，孰不為矰繳之說而徼倖其後⓭？故破國亡主，以聽言談者之浮說⓮。此其故，何也？是人君不明乎公私之利⓯，不察當否之言，而誅罰不必其後[16]也。皆曰：「外事，大可以王，小可以安[17]。」夫王者能攻人者也，而安則不可攻也；強者能攻人者也，而治則不可攻也。治強不可責於外，內政之有也[18]。今不行法術於內，而事智於外[19]，則不至於治強矣。

鄙諺曰：「長袖善舞，多財善賈[20]。」此言多資之易為工[21]也。故治強易為謀，弱亂難為計。故用於秦者，十變而謀希[22]失；用於燕者，一變而計希得。非用於秦者必智，用於燕者必愚也，蓋治亂之資異也。故周去秦為從，期年而舉[23]；衛離魏為衡[24]，半歲而亡：是周滅於從，衛亡於衡也。使周、衛緩其從衡之計，而嚴[25]其境內之治，明其法禁，必其賞罰；盡其地力，以多其積[26]；致其民死，以堅其城守[27]；天下得其地則其利少，攻其國則其傷大；萬乘之國，莫敢自頓[28]於堅城之下，而使強敵裁其弊[29]也。此必不亡之術也。舍必不亡之術而道[30]必滅之事，治國者之過也。智困於外，而政亂於內，則亡不可振[31]也。

民之政計，皆就安利，如辟危窮[32]。今為之[33]攻戰，進則死於敵，退則死於誅，則危矣；棄私家之養，而必汗馬之勞，家困而上弗論[34]，則窮矣。窮危之所在也，民安得勿避？故事私門而完解舍，解舍完則遠戰，遠戰則安㉟。行貨賂而襲當塗者則求得㊱，求得則利。安利之所在，安得勿就？是以公民少而私人眾矣㊲。

【注釋】

❶ 士民：略同於今日的知識份子。《穀梁傳．成公元年》：「古者有四民：有士民，有商民，有農民，有工民。」縱恣：放肆，就是不守法度。言談者為勢於外：是說游談之士利用國外的力量，造成聲勢。

❷ 稱：舉。稱惡：做壞事。內外稱惡：是說國內國外交相為惡。

❸ 外事：猶今言外交。

❹ 從衡：戰國時策士所談的外交政策，有從衡兩派，從衡，亦作「縱橫」。合南北為從，就是使韓、趙、魏、楚、燕、齊六國結合起來，共同抗秦，為蘇秦所提倡。連東西為衡，就是使六國和秦合作，分別事秦，為張儀所提倡。

❺ 仇讎：仇、讎二字音義略同，都是敵對、仇怨的意思。忠：衷心。

❻ 事大：是說小國事奉大國，指六國事秦。實：事實。「大」字下一疑有「未」字。

❼ 舉圖而委：雙手奉上地圖，獻給大國。割地求和的意思。

❽ 璽（音「喜」）：古時諸侯卿大夫的印信通稱璽，秦以後，專指天子的印。效璽而請：是說繳出原有的印信，請求大國接受，表示舉國稱臣。

❾ 救小：指六國互救。伐大：指攻打秦國。失天下：就是失去天下的與國，指六國。

❿ 外權：外國的權力。士宦：猶言仕宦，就是做官。

⓫ 內重：國內的權力。求利於外：向外國求取利益。

⓬ 全句是說：事情成功，就使得他的權力增強擴大；事情失敗，就帶著他的財富退職閒居。

⓭ 矰繳（音「增濁」）：弋鳥的器具。矰是短箭，繳是繫在箭上的繩。為矰繳之說：猶言以浮詞射利。而：假設連詞。而徼倖其後：想在事後得到意外的收穫。

⓮ 浮說：空言。

⓯ 此句是說：人臣的私利，在於外事，在於從衡；國家的公利，在於內政，在於法術。人君不明公私之利，便被人臣所欺騙。

⓰ 誅罰不必其後：是說有壞的後果也不一定加以誅罰。

⓱ 此是主張合從的理由。有人以為「外事」當作「事外」，「小可以安」下疑脫「大可以強，小可以治」二語。

⓲ 此二句是說：國家的治強不可用外交去尋求，而在於有良好的內政。

⓳ 事智於外：謂在外交上講求智謀，指合從連衡而言。

⓴ 此二句是說：袖子長，適合跳舞；錢財多，好做生意。

㉑ 多資之易為工：憑藉多就容易做得好。工：精巧。

㉒ 希：同「稀」，少的意思。

㉓ 舉：攻陷。周赧王五十九年，和諸侯合從，率領天下精銳的軍隊，出兵攻打秦國。秦昭王大怒，派將軍攻打西周。西周君親自到秦國請罪，獻出全部土地。這年周赧王崩逝，周民於是逃歸東周。後七年，秦相呂不韋滅東周。見《史記．周本紀》。

㉔ 衛離魏為衡：秦始皇六年，楚、趙、魏、韓、衛五國共擊秦。秦兵出函谷關，迎擊，五國敗走，秦

兵拔魏朝歌，衛從濮陽徙野王。此事實待考。

㉕嚴：加緊。

㉖地力：土地的生產力。積：蓄積穀物。

㉗致其民死：使人民出死力，猶今言犧牲生命。城守：城的防禦工作。

㉘頓：困躓，停留。

㉙裁：製裁。一說，裁：考慮。弊：疲憊。

㉚道：行，由。

㉛振：拯救。

㉜政：通「正」。如：同「而」字。辟（音「必」）：古「避」字。

㉝為之：使之的意思。

㉞私：自己。私家之養：就是養家。汗馬：使戰馬出汗，以喻苦戰。論：評議功勞，給與獎賜。

㉟事：事奉。私門：指達官貴人的門戶。解舍：猶言免除，是說免除徭賦。一說，解舍：亦作「廨舍」，指馬廄和車舍。完：保全。古時賦役，徵車徵馬。車馬被徵，解舍裡使沒有車馬。完解舍：就是車馬免徵，而在解舍。遠：動詞，意為遠去、逃避。遠戰：猶言避戰。

㊱行：使用。行貨賂：就是使用財物有所請託。襲：暗中行事。當塗：猶言當路、當道，就是居要地的人。求得：達到願望。

㊲公民：忠於君主的人。私人：為私門服務的人。

【語譯】

現在情形卻不是這樣。士人在國內任意破壞法度，遊談的政客在國外製造聲勢，國內國外共為姦惡，這樣來對付強敵，不是很危險嗎？所以談論外交的官吏，要不是分為合從、連衡兩派，就是內心裡有想報仇怨的想法，而借助國家的力量。所謂合從，是聯合許多弱小的國家，來攻打一個強大的國家；而所謂連衡，是事奉一個強大的國家，來攻打許多弱小的國家，這些都不是用來保全自己國家的辦法。現在主張連衡的官吏都這樣說：「不事奉大國，就要對抗強敵而受到災禍了。」可是事奉大國必須有實際的表示，於是就捧著本國地圖交給大國，獻出玉璽請求大國另行頒發。奉上地圖，土地就被削減了；獻出玉璽，名分就降低了。土地減少了，國家就會衰弱；名分降低了，政治就會紊亂。事奉大國，實行連衡，還沒有看出它的好處，卻先已土地削減、政治紊亂了。主張合從的官吏都這樣說：「不援救小國，去攻打大國，就要失去天下的盟國，失去天下的盟國，國家就危急了，國家危急，君主也要被人輕視。」可是救援小國也必須有實際的表現，於是就出動軍隊去對抗大國了。援救小國未必能夠保全，對抗大國未必沒有疏失，一有疏失，就要被強國所挾制了。出兵就打敗仗，退兵防守就城池被攻佔。援救小國，實行合從，還沒有看出它的好處，卻先已喪失土地、摧毀軍隊了。因此，事奉強國，就有人憑藉國外的權力在國內當官；援救小國，就有人依仗國內的權力向國外取利。國家的利益沒有達成，個人的封土厚祿已經取得了；君主的名分雖然降低，官吏的地位卻已經提高了；國家的土地雖然削減，私人的家室卻已經富有了。主張的事情成功了，就使得他的權力長期重要；主張的事情失敗了，就保持他的財富退職閒居。君主聽從官吏的言論，事情沒有成功，官吏的爵祿已經提高了；事情萬一失敗，也不會誅罰，所以遊說之士，哪一個不提供意見，像用矰繳弋射鳥類一樣，企圖隨後得到意外的收穫呢？因此不惜國家破敗、君主滅亡，而去聽從游談之士浮誇的言論。這緣故是什麼呢？這是由於君主對國家和私人的利益沒有分別清楚，沒有考察言論是否合理，而且事後又不一定明確執行誅罰呀。所以大家都說：「從事外交活動，成就大可以統治天下，成就小也可以保持國家的安全。」統治天下的君主，必須能攻打他人；而保持國家的安全，必須能不被攻打。兵強的國家能夠攻打他人，而國家安定是能不被攻打的。國治兵強不可從外交上去尋求，主要是要有良好的內政。假如現在不在內政上實行法術，卻在外交上講求智謀，就不能到達國治兵強的地步了。

俗語說：「穿長袖衣服的善於舞蹈，有很多金錢的善於經商。」這是說憑藉多了，事情就容易做得好。所以國治兵強容易出主意，國弱兵亂很難定計策。因此，在秦國做官的，雖然變換了十次計謀，仍然很少失敗；在燕國做官的，只用了一次計謀，也很難成功。這並不是在秦國做官的一定智慧高，而在燕國做官的一定智慧低，而是因為國家治亂的憑藉不同啊。所以西周離開秦國，和諸侯合從，一年就被攻取了；衛國背棄魏國連衡，半年就被滅亡了，照這樣看來，西周是由於合從而毀滅，衛國是由於連衡而覆亡。假使西周和衛國暫緩實施合從和連衡的計策，而先嚴加整頓國內的政治，法律禁令明確執行，獎賞懲罰能夠貫徹；盡量發揮土地的生產力，以增多它蓄積的穀物；使人民勇於犧牲生命，以鞏固國家城池的防守。各國佔領他的土地，卻獲益不多；進攻他的國都，卻受害很大，那麼即使是可出萬輛兵車的大國，也都不敢在他堅固的都城外面，自己消耗兵力，而使敵人利用自己的疲弊予以制裁。這是絕對不會使國家滅亡的方法。放棄絕對不會滅亡的方法，而採用一定會滅亡的舉措，這是主持國政的人的錯誤啊。智謀在國外受到困阻，政事在國內造成騷亂，那麼國家的滅亡就無法挽救了。

人民認為正確的計策，都近於安和樂利，而避開危險窮困。現在假使要他們作戰，前進就被敵人殺死，退後就被君主誅戮，這就危險了；不顧自己家屬的供養，一定要去立汗馬的戰功，家裡艱難，君主卻不按功勞給予賞賜，這就窮困了。窮困、危險的地方，人民怎麼能不躲避？所以就去事奉私家權門，而保全自己的車馬不被徵用，車馬不被徵用，就可以避免作戰，避免作戰，就能安全。拿財物暗中賄賂當道，就能達到自己的願望，達到願望，就能獲得財富。安全、財富的所在，人民怎麼能不追求？這樣，忠於君主的人就減少，親近私家的人就增多了。

夫明王治國之政，使其商工游食之民少而名卑，以趣本務而外末作❶。今世近習之請行❷，則官爵可買；官爵可買，則商工不卑也矣。姦貨財貨得用於市❸，則商人不少矣。聚斂倍農，而致尊過耕戰之士❹，則耿介之士❺寡，而商賈之民多矣。

是故亂國之俗：其學者，則稱先王之道以籍❻仁義，積容服而飾辯說，以疑❼當世之法，而貳人主之心。其言談者，偽設詐稱❽，借於外力，以成其私，而遺❾社稷之利。其帶劍者❿，聚徒屬，立節操，以顯其名，而犯五官之禁⓫。其患御者⓬，積於私門，盡貨賂⓭，而用重人之謁，退汗馬之勞⓮。其商工之民，修治苦窳之器⓯，聚弗靡之財⓰，蓄積待時，而侔⓱農夫之利。此五者，邦之蠹也。人主不除此五蠹之民，不養耿介之士，則海內雖有破亡之國，削滅之朝，亦勿怪⓲矣。

【注釋】

❶趣：假借為「趨」，奔赴。本務：指農耕。外：放棄。末作：指工商。

❷近習：君主親幸的人。請：請託。

❸姦賈財貨得用於市：是說奸商的財利貨物，能在市場施行。一說，「姦賈財貨」當作「姦財貨賈」。

❹聚斂：收集的意思。尊：高位。此二句是說：商賈聚集財物，所得的利益倍於種田，獲取的高位也超過打仗耕田的人。

❺耿介之士：守正不阿的人，這裡指耕戰之士。

❻ 籍：同「藉」，依託。
❼ 疑：和下句的「貳」字，都是變、亂的意思。
❽ 偽設詐稱：假託妄舉一些虛偽的說辭。
❾ 遺：遺忘，不顧。
❿ 帶劍者：指游俠。
⓫ 五官：《禮記．曲禮》：「天子之五官，曰司徒、司馬、司空、司士、司寇，典司五眾。」五官之禁：指政府各機關的禁令。
⓬ 御：宦豎近臣。患：盧文弨《群書拾補》說：「患疑是串字。」串（音「慣」）：通「慣」，是慣習或親狎的意思。一說，患御者指前文所謂事私門、行賄賂的那些人。
⓭ 盡貨賂：盡量收取賄賂。
⓮ 此二句是說：利用貴人的說情，而免了徭役。
⓯ 苦（音「古」）：不精。窳（音「羽」）：器病。苦窳：就是器物粗劣多疵病。
⓰ 弗靡：猶言不精緻。財：貨物。一說，弗靡之財指壓榨來的財富。
⓱ 侔：同「牟」，貪取。
⓲ 勿怪：不足怪，不足為奇。

【語譯】

英明的君主辦理國家的政治，要使那商人工人和周遊各國而無專業的人減少，而且名分卑賤，以期使他們奔赴農業，而放棄工商。現代君主近幸的人能夠請託，那麼官爵就可以用錢買取了；官爵可以用錢買取，那麼工人商人就不卑賤了。奸商能夠買賣貨物，騙取財利，可以在市場施行，商人就不貧乏了。商賈眾斂財物，比種田要加倍，而且獲取的高位也超過了種田打仗的人，那麼守正道的人就減少，而做買賣的商人便越來越多了。

所以，現在變亂國家的風氣，那些研習文學的儒生，就稱述先王的治道，而以仁義為藉口，講究容儀服飾，而修飾巧辯的言辭，因而使現行的法律受到懷疑，而且動搖了君主的信心。那些周遊各國的說客，以虛偽的設辭，謊騙的稱說，利用國外的力量，以謀取私人的利益，卻忘了國家的利益。那些佩帶寶劍的游俠，糾集黨徒，標榜氣概，來宣揚他的名聲，卻觸犯了各個官署的禁令。那些得到近幸的人，充斥於豪門之中，盡量收取賄賂，接受權貴的請託，卻屏退有戰功的人。那些商人和工人，製造粗劣的器具，搜購廉價的貨物，囤積起來，等待時機，以謀取相同於農民的利益。這五種人，都是國家的蠹蟲。君主假使不除去這五種腐蝕國家的人民，不培養守正不阿的志士，那麼天下有破亡的國家、滅絕的朝代，也就沒有什麼奇怪的了。

析論

這一篇文章，約七千字，在先秦單篇的論文中，算是篇幅甚長的了。篇旨大意是在藉「五蠹」說明一些治國的道理。

「蠹」原指害蟲，用在人事上，是指對國家社會有害的人。蠹之為害，是牠會嚙蝕物品，如木蠹、蠹魚之類；而那些對國家社會有害的人，據作者篇中所記，共有五種：一是稱揚先王之道的學者，二是帶劍用武的俠客，三是挾策遊說的策士，四是奔走權貴的患御者（包括逃避兵役的人），五是營求財利的工商之民。這五種人，據韓非的看法，都是「邦之蠹也」，都會擾亂社會的秩序，危害國家的安全。所以他主張君主應當去除這「五蠹」。

韓非是荀子的學生，受了荀子的影響，對歷史的觀念是主張進化的，因此反對復古，反對法先王，反對若干先秦諸子崇古卑今的學說。儒家的祖述堯舜、憲章文武，墨家的崇尚兼愛非攻，道家的歌頌上古的無為而治，都是他所反對的。篇中如「以先王之政，治當世之民」、「以寬緩之政，治急世之民」等等論點，都是針對諸子而言的。他主張以法治代替德治，以官吏為師，以勤耕之民、力戰之士為貴；他主張「世異則事異，事異則備變」，認為一切法治必須合於當時的時代需要，否則，都可能如蠹之害木，會損害到國家社會的安定。

本文可以分為六大段。

第一大段，從文章開頭到「故事因於世，而備適於事」為止，包含三小段，重在駁斥儒墨的復古主張，認為在今之世，就不能行古之道，一切必須因時制宜，因事制宜。

第二大段，從「古者文王處豐、鎬之間」到「是求人主之必及仲尼，而以世之凡民皆如列徒，此必不得之數也」為止，包含兩小段，說明「古今異俗，新故異備」的道理，同時指出權力比仁義更切實用。

第三大段，從「今有不才之子」到「而求致社稷之福，必不幾矣」為止，包含三小段，說明人民畏刑貪賞，本是天性，所以明主應當『峭其法而嚴其刑』，同時對於當時尊儒養士的風氣，大加批評。「儒以文亂法，俠以武犯禁」，這是本篇的名句，可以看出韓非對儒者和游俠是多麼的排斥。

第四大段，從「古者蒼頡之作書也」到「超五帝、侔三王者，必此法也」為止，包含三小段，承接上一大段，進一步說明儒者和游俠對國家的危害，應予排斥，並提倡要重視耕戰之民，嚴行賞罰之法。

第五大段，從「今則不然，士民縱恣於內」到「是以公民少而私人眾矣」為止，包含三小段，重在駁斥縱橫家的言論，說明人民去就之間的關鍵所在。

第六大段，從「夫明王治國之政」到「亦勿怪矣」為止，包含兩小段，歸結上文，說明五種蠹民如何為害國家。「此五者，邦之蠹也。」這也就是本篇篇名的由來。

【貳】

李斯

李斯作品解題

李斯是秦代一位嚴格的法家，也是優秀的散文作家。他富於文采，善於辭令，上承縱橫之氣，下開漢賦之漸，是唯一可以代表秦代文學的人物。

李斯的作品，以上書和刻石文最著名。他的上書，《史記》所著錄的，除了這裡選錄的〈諫逐客書〉之外，還有兩三篇，都寫得辭情並茂，宛轉動人。他的刻石文，像〈泰山刻石文〉：

皇帝臨位，作制明法，臣下修飭。

廿有六年，初并天下，罔不賓服。……

每三句一韻，是一種新創的體製，是散文賦化的象徵。我們從李斯和他老師荀子的文章裡，可以看到文風由先秦轉變到兩漢的一些現象。

【李斯作品選】

諫逐客書

李斯

臣聞吏議逐客，竊[1]以為過矣。昔繆公[2]求士，西取由余於戎[3]，東得百里奚於宛[4]，迎蹇叔於宋[5]，求丕豹、公孫支於晉[6]。此五子者，不產於秦，而繆公用之，并國二十[7]，遂霸西戎[8]。孝公用商鞅之法[9]，移風易俗，民以殷盛，國以富彊；百姓樂用，諸侯親服；獲楚魏之師[10]，舉地千里，至今治彊。惠王用張儀之計[11]，拔三川之地[12]，西并巴蜀[13]，北收上郡[14]，南取漢中[15]，包九夷，制鄢郢[16]，東據成皋之險[17]，割膏腴之壤[18]；遂散六國之從[19]，使之西面事秦，功施[20]到今。昭王得范雎，廢穰侯，逐華陽[21]，彊公室，杜私門；蠶食諸侯，使秦成帝業。此四君者，皆以客之功。由此觀之，客何負[22]於秦哉？向使四君卻客而不內[23]，疏士而不用，是使國無富利之實，而秦無彊大之名也。

【注釋】

❶ 竊：私下。

❷ 繆公：即秦穆公，姓嬴，名任好，為春秋時五霸之一。

❸ 由余：晉國人，曾逃亡到戎國，戎王命他使秦，穆公厚待他。後來他降了秦國，為秦國策劃滅戎。戎：古代的西方民族，此處指戎族中的一個小國。

❹ 百里奚：姓百里，名奚，虞國人，曾逃亡在宛，為楚人所俘，後來秦穆公用五羊皮贖回，授以國政；相秦七年而霸。宛：今河南南陽一帶。

❺ 蹇叔：秦國人，曾遊說宋國，百里奚把他推薦給穆公，授以上大夫。宋：國名，在今河南商邱附近。

❻ 丕豹、公孫支：二人皆由晉入秦。求：一作「來」。

❼ 并：吞併。國二十：當時戎族種類很多，散居甘肅、陝西境內，逐漸被秦征服。這裡所說的「國二十」，就是指為秦穆公吞併的二十個國家。

❽ 西戎：西方戎族的總稱。霸西戎：是說秦在西戎諸國中稱霸。

❾ 孝公：秦穆公的十六世孫，名渠梁。商鞅：姓公孫，名鞅，衛國人，故一稱衛鞅。秦孝公用商鞅變法，在內政外交上，都做了重大的改革，秦國從此富強，以後因他破魏有功，封於商，故稱商鞅。

❿ 獲楚魏之師：侵略了楚、魏兩國，俘擄了兩國的軍隊。

⓫ 惠王：即秦惠文王，名駟，孝公的兒子。張儀：魏國人，為秦相，是戰國時著名的縱橫家。

⓬ 拔：攻取。三川：秦置為郡，因其地有河、洛、伊三水，故名三川。約當今河南滎陽、開封一帶。

⓭ 巴蜀：在四川境內的兩個小國。巴國在今重慶一帶，蜀國在今成都一帶。

⓮ 上郡：魏國的領土，共十五縣。在今陝西北部一帶。

⓯ 漢中：楚國的領土，包括今陝西南部及湖北西北部。

⓰ 九：極言其多。夷：邊疆民族。鄢、郢是楚國的地名。鄢在湖北宜城縣西南，郢是楚都，在今湖北江陵縣北。

⓱成皋：今河南汜水縣西，一名虎牢。險：要塞，指虎牢關。

⓲膏腴之壤：肥美的土地。

⓳從：同「縱」。六國曾締結了「合從」條約，合力抵制秦國的侵略。

⓴功施：功勞。一說，施：延的意思。

㉑昭王：即昭襄王，名稷，惠文王的兒子。范睢：魏國人，入秦，相昭襄王。穰侯：名魏冉，昭王的舅舅，為秦相，封於穰（在今河南鄧縣），故稱穰侯。華陽：名芉戎，也是昭王的舅舅，為將軍，封於華陽（在今陝西商縣），稱華陽君。二人在朝擅政專權，范睢請昭王罷免了他們。

㉒何負：哪裡對不起。

㉓卻：拒絕。內：同「納」。

【語譯】

我聽說朝中的官吏，商議著要驅逐所有在秦國作客的人；我個人以為這是錯誤的。從前穆公訪求賢才，曾從西方的戎國聘請由余，在東邊的宛地得到百里奚，到宋國去迎接蹇叔，從晉國求得丕豹和公孫支。這五個人，都不是在秦國出生的，可是穆公卻用了他們，就吞併了二十個國家，於是在西戎做了霸主。孝公採用了商鞅的法令，改變風俗，人民因此富庶，國家也因此強盛；百姓都很樂意為國家效力，諸侯也都親來歸服；和楚、魏兩國作戰，俘獲了他們的軍隊，擴充了千里的領土，國家直到現在還這樣安定強盛。惠王用了張儀的計策，攻克了三川的地方，在西面滅亡了巴、蜀兩國，北面取得上郡，南面佔領漢中，包圍了九夷，控制了鄢、郢，東面佔領了成皋的要衝，割據了肥美的土地，於是拆散了六國的合縱聯盟，使他們西來服事秦國，功業直到如今還在。昭王得到了范雎，廢除了穰侯，驅逐了華陽，加強了公室的威權，杜絕了私人的勢力；蠶食各國諸侯，使秦國成就了帝業。這四位君主，都是算得了客卿的功勞。從這裡來看，客卿有什麼對不住秦國的呢？如果以前讓這四位君主，對於這些外國人才拒絕而不接納，疏遠他們而不肯重用，這樣就會使秦國沒有富利的事實，也沒有強大的威名了。

今陛下致昆山之玉[1]，有隨、和之寶[2]，垂明月之珠[3]，服太阿之劍[4]，乘纖離之馬[5]，建翠鳳之旗[6]，樹靈鼉[7]之鼓。此數寶者，秦不生一焉，而陛下說[8]之，何也？必秦國之所生然後可，則是夜光之璧[9]不飾朝廷，犀象之器[10]不為玩好，鄭衛之女不充後宮，而駿良駃騠不實外廄[11]，江南金錫不為用，西蜀丹青不為采[12]。所以飾後宮、充下陳[13]、娛心意、說耳目者，必出於秦然後可，則是宛珠之簪[14]、傅璣之珥[15]、阿縞之衣[16]、錦繡之飾，不進於前，而隨俗雅化[17]、佳冶窈窕趙女不立於側也。夫擊甕叩缶[18]，彈箏搏髀[19]，而歌呼嗚嗚快耳者，真秦之聲也；鄭、衛桑間[20]，昭虞、武象者[21]，異國之樂也。今棄擊甕叩缶而就鄭衛，退彈箏而取昭虞，若是者何也？快意當前，適觀而已矣。今取人則不然。不問可否，不論曲直，非秦者去，為客者逐。然則是所重者在乎色樂㉒珠玉，而所輕者在乎人民也。此非所以跨海內、制諸侯之術也。

【注釋】

❶ 陛下：古代臣民對國君的尊稱。昆山：即崑崙山，出玉石。

❷ 隨和之寶：隨為國名，在今湖北隨縣一帶。據說隨侯見一大蛇受傷，親為敷藥醫治，以後這蛇就啣了一顆珠來答謝隨侯，因稱隨珠，為稀世之寶。和指卞和，楚國人，在楚山獲得玉璞，獻給楚厲王，厲王不信，說他欺騙，斬去他的左足；後來楚武王即位，他又去獻玉，武王也不信，又斬去他的右足。到楚文王即位時，他拿著璞玉在荊山之下大哭，文王叫玉匠仔細研究那塊玉璞，才證明真是一件寶貝，世稱「和氏之璧」。後來被秦始皇得到了，就用它來鐫刻成國璽。隨和之寶指隨珠、和氏璧這兩樣寶物。

❸ 垂：掛著。明月之珠：即俗所謂夜光珠。

❹ 服：佩帶。太阿：古劍名，相傳為吳國干將所鑄。

❺ 纖離：良馬名。北狄族中有一個孅犁國，產良馬，名叫「纖離」。

❻ 建：樹立。翠鳳：用翠羽製成鳳形，裝飾在旗子上。

❼ 鼉（音「陀」）：形似鱷魚，皮可製鼓。

❽說：同「悅」。

❾夜光之璧：玉名。楚王曾獻夜光之璧於秦王，見《戰國策》。

❿犀象之器：指用犀牛角及象牙雕製而成的器具。

⓫駃騠（音「提」）：良馬。廄（音「就」）：馬棚。

⓬丹青：彩繪顏料的名稱，產於四川。采：同「彩」。

⓭下陳：猶言後列。

⓮宛珠：宛地出產的珠子。一說，宛有婉轉之意。簪：綰髮的飾物。

⓯傅：同「附」。璣：小珠子。珥：玉耳環。傅璣之珥：綴在耳環上的珠子。

⓰阿：地名，今山東東阿縣。縞（音「稿」）：白色的絹帛。

⓱隨俗：趕上時代潮流。雅化：是說意態雅緻。

⓲甕：陶器。缶：大腹小口的瓦器。這兩種器物，都是當時秦人作打節拍用的樂器。

⓳箏（音「征」）：樂器，秦將蒙恬所造。搏：打。髀（音「必」）：膝上大骨。

⓴鄭衛：指鄭、衛兩國的音樂。桑間：衛國地名，在今河南滑縣東北。鄭衛桑間：此處係指所謂「靡靡之音」。

㉑昭虞：虞舜時的樂曲。昭，一作「韶」。武象：周武王（姬發）時的樂曲。

㉒色：指美女。樂：指音樂。

【語譯】

現在君王得到了昆山的美玉，擁有了隨和的珍寶，掛著明月的寶珠，佩帶太阿的名劍，騎著纖離的駿馬，豎立翠鳳的旗子，架起靈鼉的皮鼓，這幾種寶物，沒有一件是產生在秦國的，可是君王卻又喜歡它們，為什麼呢？如果必須是秦國出產的東西然後可用，那麼，夜光的寶玉不能裝飾在朝廷上，犀角象牙雕製的東西不能用來把玩欣賞，鄭、衛兩國的美女不能存留在後宮，而駃騠的駿馬也不能飼養在宮外馬棚裡，江南的金錫也不能使用，西蜀的丹青也不能做為五彩的顏色了。假使用來裝飾後宮的，充作後列的，賞心樂意的，悅耳娛目的事物，都必須是秦國的出產才可用；那麼，宛珠做的簪子，飾著珠璣的耳瑱，阿地出產的綢衣，錦繡的裝飾，便不能進呈到君王的面前了，並且那些時髦風雅、嬌豔窈窕的趙國美女，也不會陪伴在君王身邊了。那擊著甕，敲著瓦盆，彈著箏，拍著大腿，嗚嗚呼叫著唱歌，用以悅耳娛心的，才真是秦國的聲音呢；至於鄭、衛桑間和昭虞、武象的歌曲，卻都是別國的音樂呢。現在不再擊甕而欣賞鄭、衛的音樂，不再彈箏而採取昭虞的歌曲，像這樣的舉動又是什麼道理呢？也無非是為了在面前能使心神愉快，宜於觀賞罷了。現在對於用人卻不是這個樣子。不問可否，也不論好壞，只要不在秦國出生的就要離開，凡是外國人士就要驅逐。這樣看來，所看重的是聲色珠玉，所輕視的卻是人民，這並不是用來統治天下，降服諸侯的辦法啊。

臣聞地廣者粟多，國大者人眾，兵彊者士勇❶。是以泰山不讓土壤，故能成其大；河海不擇細流，故能就其深；王者不卻眾庶❷，故能明其德。是以地無四方，民無異國，四時充美，鬼神降福：此五帝三王之所以無敵也。今乃棄黔首❸以資敵國，卻賓客以業諸侯❹，使天下之士退而不敢西向，裹足不入秦：此所謂藉寇兵而齎盜糧者也❺。

【注釋】

❶ 士：指戰士。本句一作「兵彊者則士勇」。

❷ 庶：指百姓。

❸ 黔：黑色。黔首：秦王嬴政令老百姓用黑布包頭，故稱人民為「黔首」。

❹ 業：事。業諸侯：是說為諸侯做事。

❺ 藉：同「借」。齎（音「基」）：送。

【語譯】

我聽說土地廣袤的，糧產就豐富；國家強大的，人民就眾多；軍隊強盛的，戰士就勇敢。因此泰山不排斥泥土，所以才能成其高大；河海不挑剔小溪，所以才能成其淵深；做君王的不遺棄眾多百姓，所以才能彰顯他的德行。因此土地沒有四方的區別，人民沒有不同的國籍，四季的節候充實美滿，鬼神也降福到人間來，這就是以前五帝三王所以無敵於天下的原因。現在竟然拋棄了百姓，去資助敵國，驅逐了客卿，去替諸侯做事，使天下有才能的人都退縮而不敢面向西方，裹足不進秦國來；這就是古人所說的借兵給寇、送糧給盜了。

夫物不產於秦，可寶者多；士不產於秦，願忠者眾。今逐客以資敵國，損民以益讎，內自虛而外樹怨於諸侯；求國無危，不可得也。

【語譯】

物品雖不是秦國出產的，可是值得寶貴的很多；人才雖不是秦國出生的，可是願意效忠的不少。現在驅逐客卿，去資助敵國，減少自己的人民，去增加敵國的人口，在國內既缺乏人才，外面又和諸侯結怨，要使國家沒有危險，是辦不到的了。

析論

李斯是戰國末期楚國人，曾受業於荀卿之門，與韓非同學。學成後，入秦，為相國呂不韋門客，後得秦王政重用。這篇文章寫於秦王政十年，即西元前二三七年，是李斯勸止秦王逐客的一篇作品。

戰國時候，盛行著一種養客的風氣。除了那有名的孟嘗君、信陵君等四公子外，秦相呂不韋也養了不少食客。呂不韋自殺以後，他的食客仍然留在秦國。秦王嬴政（即秦始皇）十年，因為韓國派了一位名叫鄭國的水工，到秦國裡來做間諜，被秦國發覺了，於是很多秦宗室大臣向秦王進言，說是這些留在秦國裡的外國人，都靠不住，請一律驅逐出境。李斯因為也在被逐的名單之內，所以在被放逐的途中，寫了這一篇文章，呈給秦王，諫止逐客。結果文章發生了效力，秦王嬴政聽從了他的話，立即收回成命，而且派人追上李斯，復其原官，請他回到秦國。

這篇文章，可以分為四大段。

第一大段，先從秦國的歷史來觀察，舉了前代穆公、孝公、惠王、昭王的例證，來說明秦國的所以能夠富強，全是客卿的力量，暗示逐客的不當。開頭說：「臣聞吏議逐客」，說「吏議」而不說是秦王下令，這是修辭的技巧。

第二大段，從秦王當前生活中享受的一切事物，例如器物、音樂、美女等等，來說明外來之物，對秦國無害而有利，用來陪襯秦王重器物而輕賓客，是捨本逐末的作法。

第三大段，以泰山、河海、五帝三王為喻，說明人才是成就帝業的基礎，所以逐客的結果，必然損已而益敵，後果不堪設想。這是從正面說理，指出逐客不利於秦國的統一大業。

第四大段，總結前文，申論逐客的害處，指出逐客的嚴重後果。

這篇作品，四段文字都在說明逐客的錯誤，卻沒有一句話談到自己，也沒有向秦王提出取消逐客令的請求，這是李斯聰明的地方。李斯的文章，以精確嚴明著稱，這篇文章就很能代表他的風格。尤其值得注意的是，他的文章在篤實中有文采，在凝鍊中見雅麗，很多俳句，優美而工緻，在說明道理之時，沒有堆砌之感，而有貫通之妙，有人拿他和屈原相比，想來極有道理。

【參】

呂氏春秋

《呂氏春秋》解題

《呂氏春秋》，又名《呂覽》，是戰國末年秦相呂不韋的門客集體撰寫的。這是一部先秦諸子散文集，也是先秦雜家的代表著作。

呂不韋原是商人，因為幫助秦莊襄王繼位有功，所以做了宰相，被封為文信侯。秦始皇即位，尊之為「仲父」，極有權勢。呂不韋為了要統一戰國時代思想界百家爭鳴的局面，所以命令門客「人人著所聞」，編成了《呂氏春秋》這部書。

《呂氏春秋》共二十六卷，分為十二紀（六十篇）、六論（三十六篇）、八覽（六十四篇），共一百六十篇。內容以儒、道為主，兼及法、墨、名、農諸家之言。

《呂氏春秋》的文章，善於運用故事來說明道理。書中引用了大量的寓言故事、民間傳說、歷史記載，都寫得生動有趣，增加了不少感染的力量。這也是戰國時期散文的一個特色。

漢代高誘曾為《呂氏春秋》作注，清代畢沅著有《呂氏春秋校正》。近人許維遹的《呂氏春秋集釋》、陳奇猷的《呂氏春秋校釋》，都是閱讀本書時的重要參考書。

【呂氏春秋選】

察今

呂氏春秋

上胡不法先王之說❶，非不賢也，為其不可得而法。先王之法，經乎上世❷而來者也，人或益之，人或損之，胡可得而法？雖人弗損益，猶若不可得而法。東夏之命❸，古今之法，言異而典❹殊，故古之命多不通乎今之言者；今之法多不合乎古之法者。殊俗之民，有似於此。其所為欲同，其所為異❺。口惛之命不愉❻，若舟車衣冠、滋味聲色之不同。人以自是，反以相誹❼。天下之學者多辯❽，言利辭倒❾，不求其實，務以相毀，以勝為故❿。先王之法，胡可得而法？雖可得，猶若不可法。

【注釋】

❶上：在上者，指國君。胡：何。法：倣效，採用。先王：指古代聖王。
❷上世：上古之世。
❸東夏：東夷和諸夏。一說，東夏，指東方。命：通「名」，亦即「言」的意思。
❹典：法。

❺上「為」字，疑為衍文。此二句是說：其欲望相同，而做法則異。
❻口惽：猶言口吻。口惽之命：即方言。不愉：不相曉諭。一說，不愉：猶言不渝，不可改變的意思。
❼誹：非議。
❽辯：巧言爭論。
❾言利辭倒：是說言辭鋒利，反來覆去。
❿故：事。以勝為故：是說務求勝利。

【語譯】

在上面的國君，為什麼不宜採用先王的法令呢？並不是先王的法令不好，而是因為它不可以再找到、採用了。先王的法令，是經過上古時代相沿下來的。有時人們對它增加一些，有時人們對它刪掉一些，怎麼可以再找到、採用呢？即使人們沒有增加或刪掉，也還是不可以再找到、採用。東夷和諸夏的語言，古代和今世的法令，言語歧異，而法令也都各不相同，所以古代的語言，大都不能和今世的語言相通；今世的法令，也大都不能和古代的法令相合。不同風俗的人民，和這一樣。他們的欲望雖然相同，但他們的做法卻不一樣。各地的口頭方言不相了解，恰似舟車衣冠滋味聲色的不同。人們都以為自己的對，相反的就互相批評。天下的學者多好辯論，言辭鋒利，反來覆去，不問事實，專門彼此毀謗，總是志在勝過別人。先王的法令，怎麼可以再找到、採用呢？就算勉強可以找到，也還是不能採用。

凡先王之法，有要於時也❶。時不與法俱至❷，法雖今而至，猶若不可法。故擇❸先王之成法，而法其所以為法。先王之所以為法者，何也？先王之所以為法者？人也。而己亦人也，故察己則可以知人，察今則可以知古。古今一也，人與我同耳。有道之士，貴以近知遠，以今知古，以所見知所不見。故審堂下之陰❹，而知日月之行，陰陽之變；見瓶水之冰，而知天下之寒、魚鼈之藏也；嘗一脟❺肉，而知一鑊❻之味，一鼎之調❼。

【注釋】

❶ 要：邀，合。有要於時：是說先王的法令，符合時代之需要。
❷ 至：存在之意。一說，至為「在」字之誤。下句「至」同。
❸ 擇：當作「釋」，捨棄。
❹ 陰：日月之影。
❺ 脟：與「臠」同。一脟：即一塊肉。
❻ 鑊：釜類的食器。
❼ 調：調和，指食物的味道。

【語譯】

大凡先王的法令，是有符合當時時代需要的地方。時代需要不可能和法令同時流傳而不變，因此，古時的法令雖然今天還流傳下來，仍然是不可採用的。所以應該捨棄先王的舊法，而只學他立法的方法。先王的立法方法，是怎樣的呢？先王的立法方法，一切都是為人來制定的。而我們自己也是人，所以看看自己，就可以知道別人，看看今世，就可以知道古代。古今是一樣的，人和我也是一樣的。有道的人士，重視的是就近而知遠，因今而知古，就所見而推知所不見。所以注意堂下的陰影，便知道日月的運行，陰陽的變化；見到瓶水的結冰，便知道天氣的寒冷，魚鼈的潛藏季節；嘗到一塊肉，便知道一鍋裡的滋味，和全鼎裡的菜羹了。

荊❶人欲襲宋，使人先表澭水❷。澭水暴益❸，荊人弗知，循表而夜涉❹，溺死者千有餘人，軍驚而壞都舍❺。嚮其先表之時可導也❻，今水已變而益多矣，荊人尚猶循表而導之，此其所以敗也。今世之主，法先王之法也，有似於此。其時已與先王之法虧❼矣，而曰此先王之法也，而法之以為治❽，豈不悲哉！

【注釋】

❶ 荊：楚國的本名。

❷ 表：當動詞用，立標誌的意思。澭水：水名，不詳。一說，澭為「灉」之誤。灉水自河南遂平縣附近流入汝水，為荊楚至宋國所必經。

❸ 暴益：突然漲水。益，同「溢」。

❹ 循表：沿著標誌。涉：徒行渡水。

❺ 軍驚而壞都舍：軍隊驚慌奔逃，騷亂了都市房舍。一說，而：如。意思是說軍中驚譁之聲，如都市房舍之崩壞。

❻ 嚮：曩，昔日。導：引涉。此句是說：以前施表時，水是可涉的。

❼ 虧：與「詭」意同，詭異的意思。一說，虧：損。

❽ 一本在「以」字下有「此」字。

【語譯】

楚國人想偷襲宋國，派人先在澭水中安置渡河的標誌。澭水突然暴漲了，楚國人不知道，沿著標誌在夜間渡水，淹死的有一千多人，軍隊驚慌奔逃，騷亂了城市房舍。以前當他們剛安置標誌的時候，是可以按標誌涉水的，現在水勢已經變化而漲得很多了，楚國人還是沿著標誌來涉水，這就是他們所以失敗的原因。現代的人君，採用先王的法令，和這一樣。這個時代，已經與先王實行法令的時代不同了，卻說這是先王的法令，就用它來治理國家，怎麼不令人悲歎呢！

故治國無法則亂，守法而弗變則悖，悖亂不可以持國❶。世易時移，變法宜矣。譬之若良醫，病萬變，藥亦萬變。病變而藥不變，嚮之壽民，今為殤子❷矣。故凡舉事必循法以動❸，變法者，因時而化。若此論則無過務❹矣。夫不敢議法者，眾庶也；以死守者❺，有司也；因時變法者，賢主也。是故有天下七十一聖❻，其法皆不同；非務相反也，時勢異也。故曰：良劍期乎斷❼，不期乎鏌鋣❽，良馬期乎千里，不期乎驥驁❾；夫成功名者，此先王之千里也。

【注釋】

❶持國：維護國家。
❷殤子：未成年就夭折的人。
❸動：作。
❹務：事。過務：錯事。

❺「守」字下應有「法」字。
❻一：王念孫校作「二」。不知何者為是。此指古代聖王。
❼斷：斬斷。此句及下文的「良」字，疑為後人所加。
❽鏌鋣：即莫邪，寶劍名。
❾驥驁：千里馬名。

【語譯】

因此治理國家沒有法令，就會紊亂，遵守法令而不變更，就會背理。紊亂背理，是不能維護國家的。時代改變了，變更法令是應當的。這就像是一位良好的醫生，病情有萬種變化，用藥也有萬種不同，假使病情起了變化，而用藥卻不改變，從前可以長壽的人，現在都要變成早夭的孩子了。所以一切事情舉動，必須依照法令來做；變法的人，就要按照時代的需要而變化。照這樣來說，就不會有錯誤的事情發生了。不敢議法的，是庶民；以死堅守法令的，是官吏；按照時代需要而變法的，是賢主。所以古代七十一位聖王，他們的法令都不相同，這並非故意求其相反，而是時勢不同呀。所以說：良劍只求它能夠斬斷東西，不要求它是鏌鋣，良馬只求牠能夠奔馳千里，不要求牠是驥驁；那些能夠成就功名的人，這都是先王的千里馬呀。

楚人有涉江者，其劍自舟中墜於水，遽契其舟❶，曰：「是吾劍之所從墜。」舟止，從其所契者入水求之。舟已行矣，而劍不行；求劍若此，不亦惑乎？以故法為❷其國，與此同。時已徙矣，而法不徙，以此為治，豈不難哉！

【注釋】

❶遽：疾。契：刻。遽契其舟：是說急忙在船上刻痕，以記墜劍之處。

❷為：治。

【語譯】

有一個渡江的楚國人，他的劍從船中掉落在水裡，急忙在他的船邊刻了一個記號，說：「這是我的劍掉落下去的地方。」船停了，照著他所刻的記號，進入水中去找劍。船已經移動了，劍卻沒有動；像這樣子找劍，不是真糊塗嗎？用舊法來治理他的國家，和這一樣。時代已經變遷了，法令卻沒有變遷，藉此來治理國家，不是很難嗎！

有過於江上者，見人方引嬰兒而欲投之江中，嬰兒啼。人問其故，曰：

「此其父善游。」其父雖善游，其子豈遽善游哉？以此任物❶，亦必悖矣。荊國之為政，有似於此。

【注釋】

❶任：用。物：事。一本無「以」字。

【語譯】

有一個經過江上的人，看見有人正帶著嬰兒，想要把他拋到江中，嬰兒啼哭著。有人問是什麼緣故？說：「這孩子的父親，善於游水。」他的父親雖然善於游水，他的孩子難道就能這麼快也善游嗎？照這樣做事，也必然背理的了。楚國之辦理政事，和這個很像。

析論

本文是《呂氏春秋．八覽》中〈慎大覽〉的末篇，旨在說明古今時代不同，因此制定法令時，應當明察時勢，不可拘泥。古時法令，雖能成功於古時，卻不適用於今日。作者藉此來說明因時變法的必要，以及國家立法之精神。

本文分為六段。

第一段說明先王的法令，經過歷代的增益或損減，已經不可得而法；縱使可得，亦不可法。因為時代不同，古法已經不能適用於今日。

第二段說明法令必須切合時代需要。時代不同，需要的法令就不同。因此有道之士，貴乎察已察今；貴在以近知遠，以今知古，以所見知所不見。

第三段以荊人襲宋，標誌澭水為喻，來說明先王之法不值得採用。

第四段說明變法的重要，而且以「因時而化」為主。

第五段以刻舟求劍為喻，來說明舟行而劍不行，猶如時徙而法不徙，以此求劍、治國，必無成功之理。

第六段用其父善游，其子不能善游的故事，來說明以此用事，必悖情理；楚國為政，有似於此。

陳奇猷《呂氏春秋校釋》說：

此篇重在論變法之要，謂古之命多不通乎今之言，今之法多不合乎古之法，故法當因時而變，正是《韓非子・五蠹》：「事因於世而備適於事。世異則事異，事異則備變」之旨，則此篇乃法家之言也。

讀者有興趣的話，可以拿來和韓非的〈五蠹篇〉合看，或許可以體會到：戰國末期，社會環境急遽變化，使一些思想家認清當時的局勢，已經到了非變法無以圖存救亡的地步了。

察傳

呂氏春秋

夫傳❶言不可以不察，數傳而白為黑，黑為白。故狗似玃❷，玃似母猴❸，母猴似人，人之與狗則遠矣。此愚者之所以大過❹也。

聞而❺審，則為福矣；聞而不審，不若無聞矣。齊桓公聞管子於鮑叔❻，楚莊聞孫叔敖於沈尹筮❼，審之也，故國霸諸侯也。吳王聞越王勾踐於太宰嚭❽，智伯聞趙襄子於張武❾，不審也，故國亡身死也。

【注釋】

❶傳：傳聞。傳，原作「得」，據王念孫說改。

❷玃（音「決」）：大母猴。

❸母猴：又叫沐猴、獼猴，比玃略小。

❹大過：大犯過錯。

❺而：如果。

❻管子：即管仲。鮑叔：即鮑叔牙。鮑叔牙推薦管仲給齊桓公。

❼沈尹筮：楚國大夫，名筮。沈：邑名；尹：官名。楚莊王請他為相，筮卻推薦孫叔敖。孫叔敖相楚

十二年而楚稱霸。

❽ 吳王：名夫差。太宰：官名。嚭（音「痞」）：即伯嚭，吳國人，為太宰。越國被吳國打敗，勾踐賄賂太宰嚭，求和，夫差不聽伍員的勸告而誤信太宰嚭的話，後來終於被越國滅掉。

❾ 智伯：晉大夫，名瑤，晉哀公時的權臣。趙襄子：晉大夫，名無恤。張武：晉人，智伯的家臣。張武先教智伯滅掉晉大夫范氏、中行氏，又教他聯合韓、魏，攻打趙氏，包圍晉陽。後來韓、趙、魏三家暗中聯合，反攻智伯，滅了智氏。

【語譯】

傳聞的話語，不可以不審辨。幾次輾轉傳聞之後，白的變成黑的，黑的就變成白的。所以狗可以像玃，玃可以像母猴，母猴可以像人，而人和狗實際上是差得很遠的。這就是愚笨的人所以大犯錯誤的原因。

假使聽到了就要審辨，那就是好事情；假使聽到了卻不審辨，就不如沒有聽到了。齊桓公從鮑叔那兒聽到了管仲，楚莊王從沈尹筮那兒聽到了孫叔敖，能夠審辨那些話，所以國家稱霸諸侯。吳王夫差從太宰伯嚭那兒聽到了越王勾踐，智伯從張武那兒聽到了趙襄子，不能審辨那些話，所以國家亡了，自己也死了。

凡聞言必熟論，其於人必驗之以理。魯哀公問於孔子曰：「樂正夔一足

❶，信乎？」孔子曰：「昔者舜欲以樂傳教於天下，乃令重黎舉夔於草莽之中而進之❷，舜以為樂正。夔於是正六律❸，和五聲，以通八風❹，而天下大服。重黎又欲益求人❺，舜曰：『夫樂，天地之精也，得失之節❻也，故唯聖人為能和樂之本也❼。夔能和之，以平天下。若夔者，一而足矣❽。』故曰：『夔一足。』非『一足』也。」

宋之丁氏家無井，而出溉汲❾，常一人居外❿。及其家穿井。告人曰：「吾穿井得一人⓫。」有聞而傳之者曰：「丁氏穿井得一人。」國人道之，聞之於宋君，宋君令人問之於丁氏，丁氏對曰：「得一人之使，非得一人於井中也。」求聞之若此，不若無聞也。

【注釋】

❶ 樂正：樂官之長。夔：相傳是舜時的樂官。一足：獨腳。在古代神話中，夔是獨腳的怪獸。
❷ 重黎：相傳是顓頊的後代，堯時掌天地四時的官。草莽之中：指民間。
❸ 六律：古人用竹管的長短審定樂音的高低。所用竹管共十二個，陽聲的叫六律，陰聲的叫六呂。
❹ 通：調和。八風：八方的風，指陰陽之氣。
❺ 益求人：多找些像夔這樣的人。

❻ 得失之節：猶言治亂的關鍵。
❼ 據許維遹說，此句應該是：「故唯聖人為能和；和，樂之本也。」
❽ 此句是說：像夔這樣的人有一個就夠了。
❾ 出：出門。溉：灌注。汲：從井中取水。
❿ 常一人居外：常使一人住在外面，專管汲水。
⓫ 得一人：是說不須再派專人居外汲水，而可使他做別的事，等於多得一個人使用。

【語譯】

凡是聽到傳言，一定要深入辨別，對於他人也要用道理來覆按。像魯哀公向孔子請教說：「古代樂正夔只有一隻腳，是真的嗎？」孔子答道：「古時候，舜想用音樂來向天下老百姓宣揚教化，於是派重黎從民間提拔了夔，把他推薦上去，舜就任用他做樂官之長。夔於是校正六律，調和五音，來暢通八方的陰陽之氣。然後天下老百姓都非常心悅誠服。重黎又想要多找一些人才，舜說：『音樂是天地的精華，治亂的關鍵，因此只有聖人才能協和音樂中最基本的道理。夔能夠協和它，因此能夠安定天下，像夔這樣的人，一個就夠了。』所以說是夔一個人就夠了，並不是說他只有一隻腳呀。」

宋國的丁姓人家，家裡沒有水井，卻需要出門去汲水灌溉，因此常常派一個人住在外面汲水。等到他們家挖了井，就告訴別人說：「我們挖了井，得到了一個人。」有人聽了卻輾轉傳這句話說：「丁家挖井，得到了一個人。」國人傳播這件事，被宋國國君聽到了。於是宋國國君派人向丁家問這件事。丁家回答說：「這是說多得到一個人力的使用，並不是說在井裡找到了一個人。」像這樣去聽傳聞，還不如沒有聽到呢。

子夏之晉過衛❶，有讀史記❷者曰：「晉師三豕涉河❸。」子夏曰：「非也，是己亥也。夫己與三相近，豕與亥相似❹。」至於晉而問之，則曰晉師己亥涉河也。

辭多類非而是，多類是而非。是非之經❺，不可不分，此聖人之所慎也。然則何以慎？緣❻物之情及人之情，以為❼所聞，則得之矣。

【注釋】

❶之：往。這句是說：子夏往晉國去而經過衛國。

❷史記：這裡泛指記載史事的書。

❸師：軍隊。涉河：一作「渡河」，是說渡過黃河。

❹「己」字古文作「[illegible]」，與「[illegible]」字相似。亥、豕二字古文同形，因此說「己與三相近，豕與亥相似」。

❺經：界，界線。
❻緣：順著。
❼為：有審察的意思。

【語譯】

子夏到晉國去，路過衛國，有讀史料記載的人這樣說：「晉師三豕涉河（晉國軍隊帶著三隻小豬渡過黃河）。」子夏說：「不對，『三豕』應是『己亥』的錯誤。因為己和三字形相近，豕和亥字形也很相像。」到了晉國，查問這件事，果然是說晉國軍隊在己亥的時候渡過了黃河。

言辭很多像是錯的，卻是對的，也有很多像是對的，卻是錯的。對錯的分界，不可以不辨別，這是聖人所慎重的事情。這樣說來，要怎樣才慎重呢？要順著事物的實況和人間的情理，來審辨所聽到的傳聞，就可以得到真實的情況了。

析論

這篇文章，選自《呂氏春秋．慎行論》。旨在說明對於傳言，不可不察。假使有所聽聞，就應該以人情事理來推論，才能分辨是非，不至於顛倒黑白，否則還不如無所聽聞。

篇中援引用以說理的事例中，像「齊桓公聞管子於鮑叔」等等，是出於歷史的記載，像「樂正夔一足」一事，是出於神話的故事；像「穿井得一人」，則是出於民間的傳說。這些寓言故事，都是作者用來闡明事理的媒介，它們使文章具有強烈的藝術效果，更有說服力。其中，「夔一足」之事，最有補充說明的必要。

在《韓非子．外儲說左下》中，有二則和「夔一足」有關的記載，現在抄錄如下：

魯哀公問於孔子曰：「吾聞古者有夔一足，其果信有一足乎？」孔子對曰：「不也，夔非一足也。夔者，忿戾惡心，人多不說喜也。雖然，其所以得免於人害者，以其信也。人皆曰獨此一，足矣。夔非一足也，一而足也。」哀公曰：「審而是，固足矣。」

一曰：哀公問於孔子曰：「吾聞夔一足，信乎？」曰：「夔，人也，何故一足？彼其無他異，而獨通於聲。堯曰：夔，一而足矣，使為樂正。故君子曰：夔有一，足，非一足也。」

根據《韓非子》和《呂氏春秋》的記載，夔是堯舜時代的樂正，不是獨腳的人。可是我們仔細想想，假使「夔一足」這句話，在古代沒有其他奇怪的說法，為什麼魯哀公要請教孔子這個問題呢？

事實上，「夔」在古代的神話傳說裡，不但是只有一隻腳，而且還是形狀怪異的猛獸。《山海經．大荒東經》中就說：

> 東海中有流波山，入海七千里。其上有獸，狀如牛，蒼身而無角，一足，出入水則必風雨，其光如日月，其聲如雷，其名曰夔。黃帝得之，以其皮為鼓，橛以雷獸之骨，聲聞五百里，以威天下。

可見在《山海經》中，夔是一種形狀像牛的獨腳怪獸。可是，在孔子以後，因為「子不語怪力亂神」，所以奇形怪狀的夔，就變成了堯舜時代的樂官。這是中國古代神話逐漸被歷史化、哲理化的一個例子。

【肆】

周易

《周易》解題

《周易》，五經之一。它相傳原是上古流傳下來的占筮用書，後來經過周文王的整理和孔子的演繹，才成為中國傳統文化中一部重要的經書。

易含有簡易、變易、不易三層意思。據說《易經》原有三個系統，分別是《連山易》、《歸藏易》和《周易》。前二者都是周朝以前流傳的易學，早已失傳了，現在只剩下《周易》，就是大家所說的《易經》，簡稱《易》。

《周易》包括經、傳兩個部分。經的部分是六十四卦。六十四卦是由八卦兩兩重疊而成的。《周易繫辭傳下》說：

> 古者包犧氏之王天下也，仰則觀象於天，俯則觀法於地，觀鳥獸之文與地之宜，近取諸身，遠取諸物，於是始作八卦，以通神明之德，以類萬物之情。

這是說八卦為包犧（伏羲）氏所畫。但演八卦為六十四卦的人，則眾說紛紜，一般人多以為文王。據屈萬里老師的〈易卦源於龜卜考〉一文考證，八卦和六十四卦應當都成於西周初年，「乃周人仿殷人龜卜之習而為之」，是否文王所演，則不得而知。《周易》的六十四卦，每卦都有六爻。卦有卦辭，爻有爻辭。在排列次序上，每卦先列卦形，其次是卦名、卦辭。每爻也是先列爻題，次列爻辭。以上是屬於經的部分。

《周易》傳的部分，包括彖上、彖下、象上、象下、繫辭上、繫辭下、文言、序卦、說卦、雜卦等七種十篇，通稱「十翼」，都是解說「經」的文字。歷來相傳這是孔子所作。但據近人考證，「十翼」並非一人一時之作，而是陸續推演寫成的，大部分是戰國時代的作品。

《易》是六藝之本，也是中國學術的淵源所在，它雖然原是占筮之書，但其中像有些爻辭頗類似古代歌謠，有些卦辭爻辭保存了古代史實，對於我們研讀文史或進德修業，都有很多的幫助。

《易經》的參考書，像魏王弼的《周易注》（樓宇烈校釋本）、唐孔穎達的《周易正義》、宋程頤的《易程傳》、朱熹的《周易正義》等，都是前人耳熟能詳的；民國以來，像錢基博的《周易題解及其讀法》、戴君仁老師的《談易》、屈萬里老師的《先秦漢魏易例述評》、南懷瑾與徐芹庭合著的《周易今註今譯》、黃慶萱的《易經讀本》等書，也都很有參考的價值。

乾上
乾下

元亨利貞

乾，健也，天也。乾之健，天之...

上古聖人始畫八卦，三才之道備矣，重之以盡天下之變，故六畫而成卦。

乾，健也。且宰謂之帝，以功用言謂之鬼神，以性情謂之...

乾，健也，天也。以天主且宰謂之帝，以分功用言謂之...神以...

乾，健也，天也。以天主宰謂之帝，以功用言謂之鬼神，以性情謂之...

之始故為天，為陽，為父，為君...

故為元，為...物之始故為亨，佳者...

乾元者，物之始，故為元，亨者...乾利貞者...

之德，元...者，為萬物之始，故為亨。佳者，乾為物...

元亨利貞者...

乾卦

䷀❶

乾，元亨利貞❷。

初九❸，潛龍勿用❹。

九二❺，見龍在田，利見大人❻。

九三❼，君子終日乾乾❽，夕惕若，厲无咎❾。

九四❿：或躍在淵⓫，无咎。

九五⓬：飛龍在天⓭，利見大人。

上九⓮：亢龍有悔⓯。

用九⓰：見群龍无首，吉⓱。

【注釋】

❶䷀：乾卦。《易經》六十四卦，每卦都是由八卦兩兩重疊而成的，所以每卦都包含兩個單卦，稱為

上下體，或外內體。像《易經》六十四卦中的乾卦，就是由兩個乾卦重疊而成。
❷ 元：有原始、博大的意思。亨：通達。利：適宜。貞：正。
❸ 初九：指乾卦中的第一爻，也就是最居下位的那一爻。《易經》六十四卦中的每一卦，都由六爻組成，自下而上，自內而外，稱為初、二、三、四、五、上。九指陽爻，就是「一」；六指陰爻，就是「--」。因為乾卦都是陽爻，所以下文由下而上，分別稱這六爻為初九、九二、九三、九四、九五、上九。
❹ 潛龍：隱藏未見的龍。龍是中國先民理想中一種神奇的動物，牠可以用來象徵天文人事。勿用：還不能有所用；無所取用。
❺ 九二：指下卦中位的那一陽爻。
❻ 田：地面上。大人：偉大的人物，往往借指在上位者或德業高尚的人。
❼ 九三：指下卦上位的那一陽爻。
❽ 乾乾：健而又健，自強不息的意思。
❾ 惕：警戒，激勵。厲：危困。无：「無」的古文，下同。无咎：沒有過錯災禍。此二句有人斷作「夕惕若厲，无咎」。
❿ 九四：指上卦下位的那一陽爻。
⓫ 或：也許。一說，或：一作「惑」，遲疑的意思。淵：水深的地方。
⓬ 九五：指上卦中位的那一陽爻。
⓭ 飛龍在天：飛龍飛到天上了，象徵偉大人物已經出現了。
⓮ 上九：指上卦上位的那一陽爻。
⓯ 亢：極，高。有悔：有物極必反的悔悶之意。
⓰ 用九：應用乾卦的陽數。

⑰ 无首：沒有首領，和平相處。《易經》有變易一義，乾卦六爻純陽，陽極陰生，一變而為純陰，即成坤卦。因為能以陽剛為體，陰柔為用，所以說是吉象。

【語譯】

☰☰（上體下體都是乾卦）

乾，就是原始、亨通、合宜、貞正的意思。

居最下位的陽爻（初九），有如隱藏的龍，還不能有所作用。

在下卦中位的陽爻（九二），有如龍出現在田地上一樣，象徵有利於見到偉大的人物。

在下卦上位的陽爻（九三），有如在上位的男子，一天到晚自強不息，即使到了夜晚，還要警惕自己，好像處於困危之中，象徵不會有災禍。

在上卦下位的陽爻（九四），有如潛伏在深淵裡的游龍，也許會躍出深淵。象徵不會有災禍。

在上卦中位的第五個陽爻（九五），有如飛龍飛上天空，象徵出現了偉大的人物。

在上卦最上位的陽爻（上九），有如處在顛峰頂點的龍，必有盛極而衰的悔意。

應用乾卦整體純陽的六爻，有如出現了一群龍，沒有首領，這才是吉祥的現象。

彖❶曰：大哉乾元❷。萬物資始，乃統天❸。

雲行雨施，品物❹流行；大明❺終始，六位時成❻；時乘六龍❼，以御天。

乾道變化，各正性命。保合太和❽，乃利貞。

首出庶物❾，萬國咸寧。

【注釋】

❶彖：原指行走的豬，《易經》借指卦、爻辭斷語的專有名稱。

❷乾元：指乾卦卦辭「元亨利貞」的「元」，它是天地萬物的本源。

❸資始：依靠它才開始的。統：貫穿，統攝。

❹品物：各種品類的物質。

❺大明：偉大光明，指乾象。

❻六位時成：六個爻位，因時而成。

❼六龍：指乾卦的六爻。

❽太和：陰陽調和的意思。太，一作「大」。

❾庶物：眾物，萬物。

【語譯】

彖辭說：真是偉大啊！乾元是一切的根源。萬物都靠它才有原始的生命。它乃是統貫天道的根本。

雲氣流行，雨澤普施，各種品類的形體，都因之交流運行。

它使宇宙光明終始循環，運轉不停，它使六個爻位因時佈列。如順應時勢，駕馭六條龍，來控制天體的往復運行。

乾道的變化，就是使宇宙萬物各自成就它們的知能和功用，永遠保持凝結陰陽調和的狀態，這才是真正適宜而正確的。

它首先創造萬物，天下都因之昇平安祥。

象❶曰：天行健❷，君子以自強不息。

潛龍勿用，陽在下也；見龍在田，德施普也；終日乾乾，反復道也；或躍在淵，進无咎也；飛龍在天，大人造❸也；亢龍有悔，盈不可久也；用九，天德不可為首❹也。

【注釋】

❶象：原是獸名，《易經》借作象徵與現象的專有名詞。

❷天行健：天道運行不休。

❸造：就，成就。

❹不可為首：不能居功的意思。

【語譯】

象傳說：乾卦像天道一樣，運行不停，君子效法它，因而自己堅強起來，不斷的求進步。

隱藏的龍，不能有所作用；這是說明陽氣深藏地下，還沒有萌芽；見到龍在田地上顯現，這是說明偉大人物的德業，已經施展出來了；一天到晚，自強不息，這是說明循環終始，天道必然的作用；也許從深淵跳躍出來，這是說明求進步時，也不會有災禍的；龍飛在天上，這是說明偉大人物的成就；飛到極高的龍，會遭遇困難而反悔，這是說明太過盈滿的東西，不能長久保全；應用陽九，這是說明不肯居功領先的德性。

文言❶曰：元者，善之長也；亨者，嘉之會也；利者，義之和也；貞者，事之幹也。君子，體仁足以長人，嘉會足以合禮，利物足以合義，貞固足以幹事。君子，行此四德者。故曰：乾，元、亨、利、貞。

初九曰：潛龍勿用。何謂也？子曰：龍德而隱者也。不易乎世，不成乎名❷。遯世无悶，不見是而无悶❸。樂則行之，憂則違❹之，確乎其不可拔，潛龍也。

九二曰：見龍在田，利見大人。何謂也？子曰：龍德而正中者也。庸❺言之信，庸行之謹，閑邪❻存其誠，善世而不伐❼，德博而化。易曰：見龍在田，利見大人。君德也。

九三曰：君子終日乾乾，夕惕若，厲无咎。何謂也？子曰：君子進德修業。忠信，所以進德也；修辭立其誠，所以居業❽也。知至至之，可與言幾也❾；知終終之，可與存義也。是故居上位而不驕，在下位而不憂。故乾乾，因其時而惕。雖危，无咎矣！

九四曰：或躍在淵，无咎。何謂也？子曰：上下无常。非為邪也；進退无恒，非離群也。君子進德修業，欲及時也，故无咎。

九五曰：飛龍在天，利見大人。何謂也？子曰：同聲相應，同氣相求；

水流濕，火就燥；雲從龍，風從虎。聖人作而萬物覩⑩，本乎天者親⑪上，本乎地者親下，則各從其類也。

上九曰：亢龍有悔。何謂也？子曰：貴而无位，高而无民。賢人在下位而无輔，是以動而有悔也。

潛龍勿用，下也；見龍在田，時舍⑫也；終日乾乾，行事也；或躍在淵，自試⑬也；飛龍在天，上治也；亢龍有悔，窮⑭之災也；乾元用九，天下治也。

潛龍勿用，陽氣潛藏；見龍在田，天下文明；終日乾乾，與時偕行；或躍在淵，乾道乃革⑮；飛龍在天，乃位乎天德；亢龍有悔，與時偕極；乾元用九，乃見天則。

【注釋】

❶ 文言：《易經》在卦辭、爻卦、彖辭、象辭以外，另一種解釋卦爻辭的文字。相傳是孔子所作，但是恐出於偽託。

❷ 不易乎世：不因世俗而改變。不成乎名：不為聲名而行事。易、成都有改變的意思。

❸ 遯世：遠離塵世。不見是：不被肯定；沒有人看到自己的這種德業。
❹ 違：離開。
❺ 庸：平常，中正。
❻ 閑邪：防止邪念。
❼ 善世而不伐：造福世界卻不自誇。
❽ 居業：修業。
❾ 至：上至字名詞，下至字動詞。有人把「至」解釋為時機到了，也有人解釋為道理的極致。幾：幾微，先機。這兩句一作「知至至之可與言幾也」，連讀，則上至字動詞，下至字名詞。似以前說為是。又，一本無「言」字。
❿ 聖人作而萬物覩：是說聖人出現了，萬物都仰望跟從。
⓫ 親：近。
⓬ 舍：安置。
⓭ 自試：自己試著該進該退。
⓮ 窮：達到極點。
⓯ 革：更新。

【語譯】

文言說：「元」是百善的首要；「亨」是眾美的會合；「利」是適宜的和諧；「貞」是處事的主幹。所以在上位的君子，能夠體會仁德，才可以領導人民；能夠會合眾美，才可以合於禮儀；能夠愛護外物，才可以均衡和諧；能夠貞正堅定，才可以處理事物。君子就是實踐這四種德行的人，所以周易乾卦卦辭說：「乾，元、亨、利、貞」。

初九爻的爻辭說：隱藏的龍不能有所作用，何以這樣說呢？夫子說：潛龍象徵有德性而隱藏不見的君子，不會因世俗而改變初志，不會為成名而不擇手段。避開世俗，雖然默默無聞，自己卻不感煩悶；未被世人發現自己的才能，也不煩悶。假使事有可為，就樂於出來行道；如果事不可為，就抱著憂傷的心情，避隱起來。堅定貞固啊他的意志不可搖撼，這就是潛龍的象徵。

九二爻的爻辭說：就像龍出現在地面上一樣，有利於見到偉大的人物了。何以這樣說呢？夫子說：龍象徵具有正大和德性的君子，平常的話語，卻這樣信實；平常的行為，卻這樣謹慎；隨時防止邪念，保存他真誠的心；雖然有益於世人，卻不自誇自滿；德業偉大廣博，足以感化一切。所以易經九二的爻辭說：「見龍在田，利見大人。」是指領袖人物應當具備的德行。

九三爻的爻辭說：在上位的君子，一天到晚乾乾從事，自強不息，到了夜晚，還要警惕自己，好像處於困危之中，象徵沒有災禍。何以這樣說呢？夫子說：這是說明君子進德修業的道理。忠誠信實，是用來進德的；修習言辭，確立他的誠心，是用來立業的。知道時機到了，就把握時機，這種人可以跟他談論先機的道理；知道應該終結了，就立刻終止它，這種人才能夠跟他保存道義。所以君子雖然處在高位，卻不驕傲，處在下位，卻不憂悶。因此君子終日乾乾，就因為他隨時警惕自己進德修業，所以雖然遭遇危急，也就沒有什麼災禍了。

九四爻的爻辭說：或者要跳出深淵，沒有災禍。何以這樣說呢？夫子說：或者會在上位，也許會在下位，沒有一定，但行為並不邪惡；有時候進取，有時候退守，並不固定，但都不離開人群。這是說明君子進德修業，都要把握時機，及時努力，所以就沒有什麼災禍了。

九五爻的爻辭說：飛龍昇在天空，象徵有利於見到偉大的人物。何以這樣說呢？夫子說：凡是聲音相同的，自然容易彼此共鳴。氣息相同的，自然容易互相追求。就像水流向低溼的地方；火燒著乾燥的東西。雲跟著龍而起；風跟著虎在動。聖人興起了，然後萬物瞻仰效法。本來是天空輕清的東西，就自然會上昇；本來是地上重濁的東西，就自然會下墜，都各自依循它的同類。

上九爻的爻辭：處在過於顛峰頂點的龍，必有悔悶。何以這樣說呢？夫子說：太高貴就再沒有位置可以安身了；太崇高就再沒有群眾可以接近了。這是說明賢人都處在下位，雖然自己高高在上，卻輔佐無人，所以便動輒有悔悶了。

「潛龍勿用」，是說在最下面的位置，不起作用；「見龍在田」，是說已得時位；「終日乾乾」，是說努力從事；「或躍在淵」，是說自己嘗試進退。「飛龍在天」，是說在上位治道清明；「亢龍有悔」，是說已經達到頂點，難免有物極必反的災禍；「乾元用九」，是說善於運用乾卦陽九的變化，便是天下治平的象徵。

「潛龍勿用」，是說陽氣還潛伏隱藏著；「見龍在田」，是說天下的人，已能看到他的文采光明了；「終日乾乾」，是說跟著時機一齊向前行進；「或躍在淵」，是說乾道規則，已有革新的現象；「飛龍在天」，是說它的爻位，已經高居天德的極品；「亢龍有悔」，是說隨著時機，已經到了極限；「乾元用九」，是說隨機應變，可以了解自然的法則。

乾元者，始而亨者也；利貞者，性情也。乾始❶能以美利利天下，不言所利。大矣哉！大哉乾乎！剛健中正，純粹精也❷。六爻❸發揮，旁通情也；時乘六龍，以御天也；雲行雨施，天下平也。

君子以成德為行，日可見之行❹也。潛之為言也，隱而未見，行而未成，是以君子弗用也。

君子學以聚之，問以辨之，寬以居之，仁以行之。易曰：見龍在田，利見大人。君德也。

九三，重剛而不中，上不在天，下不在田❺。故乾乾，因其時而惕，雖危无咎矣。

九四，重剛而不中，上不在天，下不在田，中不在人。故或之。或之者，疑之也，故无咎。

夫大人者，與天地合其德，與日月合其明，與四時合其序，與鬼神合其吉凶。先天而天弗違，後天而奉天時❻。天且弗違，而況於人乎？況於鬼神乎？

亢之為言也，知進而不知退，知存而不知亡，知得而不知喪。其為聖人乎？知進退存亡而不失其正者。其唯聖人乎！

【注釋】

❶ 乾始：就是乾元。

❷ 純粹精也：是說乾道大中至正，至剛至健，純而不雜，粹而無瑕，真是精妙之至。

❸ 爻：交的意思。六爻：指每卦的六畫序位而言。

❹ 日可見之行：日常可以看見的行為。

❺ 此四句是說：九三之爻，介於上下兩個乾卦重重剛健之間，爻位不居中，上不在天位，下不在地位，故有危險不安的現象。

❻ 此二句是說：不管是出於先天的機宜和後天的事理，總與天道不相違背。

【語譯】

所謂「乾元」，是原始廣大而且亨通無阻的；所謂利貞，是指乾卦的性情。乾道開始運行，能夠以最美好適宜的作用而有益天下，但卻不自誇它有利天下的功績。真是偉大極了！乾道是偉大的吧！它至剛至健、至中至正，是純粹無瑕的精誠所在呀。乾卦的六爻，發揮它的作用，便可以旁通所有的情態。這就好像隨時乘著六條變化不測的龍，來控制天體的運行。雲氣流行，雨澤普施，使得天下萬物自然清平。

君子以成就德業來做為行為的目的，這是平日可以見到的行為。乾卦初爻所說「潛」字的意義，是說還隱藏著，沒有表現出來，還在進行著，沒有成功。所以君子有所不取。

君子的德業成就，要靠學習去累積它，要靠問難去辯證它，要靠寬宏的心胸去保存它，要靠仁厚的胸懷去實踐它。易經乾卦九二爻的爻辭說：「看見龍出現在地面上，象徵有利於見到偉大的人物」。這是專指人君必須具備的德行。

乾卦的九三爻，陽剛過重而不適中，所以便有「上不在天，下不在田」的情況，因此說健而又健，自強不息，隨時警惕自己，即使遇到危險也便沒有災禍了。

乾卦的九四爻，陽剛過重而不適中，所以便有「上不在天，下不在田，中不在人」的情況，因此說「或之」。所謂「或之」者，就是遲疑不定的意思，可好可壞，所以沒有災禍。

乾卦九五爻的爻辭，所謂「利見大人」的「大人」，是說能與天地配合他們的功德，能與日月配合他們的光明，能與春、夏、秋、冬四時配合他們的次序，能與鬼神配合他們的吉凶。就先天而言，天道的運行變化也不能違背；就後天而言，他必須奉行天道運行的法則。不管是先天或後天的天道，尚且不會違背，更何況是人呢？更何況是鬼神呢？

乾卦上九爻的爻辭所謂「亢龍有悔」的「亢」字的意義，是說只知道進取而不知退讓，只知道存在而不知滅亡，只知道獲得而不知喪失。

那應該只有聖人吧？知道進退存亡，而又始終不違背它正道的人，那應該只有聖人吧！

析論

乾卦和坤卦是八卦中最重要的兩個卦。乾（⚊）是陽性的象徵，坤（⚋）是陰性的象徵，它們是宇宙萬物形成和變化的根源。八卦兩兩重疊，可以推演而成六十四卦。六十四卦中的乾卦，就是由八卦中的兩個乾卦重疊而成的。所以，乾卦的上體（外體）和下體（內體）都是純陽的乾。而《易經》的每一卦，都有六個爻，於是乾卦的卦形就寫成䷀。

乾，可以解釋為「健」。它取象於天，象徵大中至正，至剛至健。蓋天為大氣的本體，其運行永不停止，晝夜寒暑，循環往復，這也就是象傳中所說的「天行健」。天是指大氣的本體，乾是指天體運行的作用。乾解作「健」，蓋取其有常軌，有定律，恆久而不間歇，卦辭說：「乾，元亨利貞。」《子夏易傳》解釋為：「元，始也。亨，通也。利，和也。貞，正也。」正是說明乾之為用，是新新不已、生生不息、通達無礙、適宜正確的。易有簡易、變易、不易三義，乾正是該簡則簡、該變則變、該正則正的作用，一切都以適中為準。所以，要討論乾卦六爻的爻辭，也應當從這個角度來理解。

「初九，潛龍勿用」，這是象徵時機未到，該隱則隱，還不能有所作用，故以潛藏不用為宜；「九二，見龍在田」，這是象徵龍已出現地面之上，擬之人事，已是該現則現的時機；「九三」一爻，是說出現地面的游龍，要自強不息，又要謹慎戒懼，不可掉以輕心，這樣才是得其時宜，得其中道。其他像「九四，或躍在淵」以慎於進退為宜，「九五，飛龍在天」以適時飛昇為宜，「上九，亢龍有悔」以守常知變為宜，這些都是說明凡事要把握中心，因時制宜。彖辭說：「大明終始，六位時成，時乘六龍，以御天」，文言說：「君子，體仁足以長人，嘉會足以合禮，利物足以合義，貞固足以幹事」，也都是說明乾之為用，一切以適中為度。

一般而言，乾卦的卦辭和爻辭，言簡而意賅，彖辭和文言，則分別從不同的角度來解釋經文。彖辭，頗似斷語，重在說明卦爻的原理，其中像：「大哉乾元，萬物資始，乃統天」，顯然是解釋「元亨利貞」的「元」。「雲行雨施，品物流行；大明終始，六位時成；時乘六龍，以御天」是解釋「亨」。「乾道變化，各正性命」以下，是解釋「利貞」。

彖辭類似卦爻辭的斷語，象辭則大抵是說明卦象及其象徵的意義。它對卦辭、爻辭作了進一步的說明。像初九爻辭說「潛龍勿用」，象辭則在引用之餘，加上說明：「陽在下也」。但它和下面「文言」的解釋卻有所不同。象辭說得比較簡要樸實，文言則說明比較詳盡明白；象辭多就卦象立論，文言所說的，則已往往從人文思想和德業修養來闡述了。這是它們不同的地方。

在晉朝王弼以前，「文言」是「十翼」之一，並不附於各卦之後，從王弼注《周易》開始，他才特別把乾坤兩卦的文言拿出來，放在乾坤之後，做為乾坤二卦的結論。後代像宋朝的程頤等人，也都採用這種編法。後世或取或捨，不過，由於宋儒在元、明以後有一定的學術地位，所以把文言附在乾坤二卦後面的比較多。

象辭之中，古人又以為有大象、小象之分。「天行健，君子以自強不息」推闡一卦之義，專從人事來說，叫做大象辭，簡稱大象。「潛龍勿用，陽在下也」以下，主要是闡釋爻辭的意義，叫做小象辭，簡稱小象。

「文言」究竟何人所作，歷來眾說紛紜，莫衷一是。有人以為是文王所作，所以叫做文言；也有人以為文言就是「依文而言其理」。附在乾卦後面的文言，概括闡釋乾卦辭爻辭的意義，或就理以論變，或就象以說理，和彖辭、象辭的本義，似乎已有出入。有人說，文言所論，多從人文思想來發揮義理，已開後世以儒學說易之先河。這種看法，實在說，也有它一定的道理。

【伍】

禮記

#《禮記》解題

《禮記》是「三禮」之一，「三禮」指的是：《儀禮》、《周禮》和《禮記》。

《禮記》有兩種傳本，都是西漢儒者輯錄而成的。戴德所輯錄的，叫做《大戴禮記》，原有八十五篇，今存四十篇；因為散佚脫誤頗多，清代學者戴震、盧文弨等人先後校訂，才稍復舊觀。戴聖所輯錄的，叫做《小戴禮記》，共四十九篇，相傳為孔子弟子及其後學所記，就是現在通行的《禮記》。

《禮記》記錄了戰國、秦、漢間儒者的言論，其中有雜記禮節制度的，有解釋《儀禮》經義的，有通論禮節義理的，反映了古代倫理觀念、宗法制度和儒家各派的思想，是研究儒家體制言論的重要典籍。

《禮記》一向為後世學者重視，東漢鄭玄曾為它作注，唐朝孔穎達曾為它作疏，這就是所謂《禮記注疏》，是古代最通行的注本。宋朝朱熹把《禮記》中的〈大學〉、〈中庸〉兩篇特別挑選出來，和《論語》、《孟子》合為「四書」，並且為之集注，後來，朱熹的《四書集注》便成為古代儒生必讀的參考書。

除了《禮記注疏》之外，像元代陳澔的《禮記集說》、清代孫希旦的《禮記集解》，以及今人王夢鷗的《禮記今註今譯》，都值得讀者參考。

禮記選

禮記　鄭氏注

發慮憲，求善良，足以謏聞，不足以動眾；就賢體遠，足以動眾，未足以化民。君子如欲化民成俗，其必由學乎。

玉不琢，不成器；人不學，不知道。是故古之王者，建國君民，教學為先。

學記

禮記

發慮憲❶，求善良，足以謏聞❷，不足以動眾❸；就賢體遠❹，足以動眾，未足以化民。君子如欲化民成俗，其必由學乎？

玉不琢，不成器；人不學，不知道。是故古之王者，建國君民，教學為先。〈兌命〉❺曰：念終始典❻于學。其此之謂乎？

雖有嘉肴，弗食，不知其旨也；雖有至道，弗學，不知其善也。故學然後知不足，教然後知困。知不足，然後能自反也；知困，然後能自強也。故曰：教學相長也。〈兌命〉曰：學學半❼。其此之謂乎？

【注釋】

❶憲：思。慮憲：考慮。一說，慮憲是說思慮合乎法度。

❷謏聞（音「小問」）：小有聲譽。

❸動眾：聳動眾聽的意思。

❹就賢：親近賢者。體遠：體恤遠方的人。

❺兌命：《尚書》篇名；現在的偽《古文尚書》有〈說命〉三篇，記述殷相傳說的言辭。兌，同「說」。

❻典：常。

❼學學半：教學，一半是在學習。上學字，音「效」，同「斆」，教的意思。

【語譯】

多作考慮，廣求善良，可以做到小有聲譽，但還不能夠感動群眾；親近賢者，體恤遠方的人，能夠感動群眾，但還不能夠化育人民。君子如果想要化育人民，蔚成風氣，那一定要從教育入手吧？

玉不琢磨，就不會成為器具；人不學習，就不會明白道理。所以古代稱王的人，建設國家，治理人民，都以教學作為最首要的事情。《尚書．兌命篇》說：關心的事情，從始至終，是要經常想著學習。應該就是這個意思吧？

雖然有可口的菜肴，如果不去品嘗，就不知道它的美味；雖然有至善的道理，如果不去學習，就不知道它的美好。所以學習過後才知道自己的不夠，教人之後才知道自己的困惑。知道自己的不夠，然後才能自我反省；知道自己的困惑，然後才能自我勉勵。所以說：教與學可以互相增益。《尚書．兌命篇》說：教導別人，自己能收到學習一半的效果。應該就是這個意思吧？

古之教者，家有塾❶，黨有庠❷，術有序❸，國❹有學。比年❺入學，中年考校❻。一年視離經辨志❼，三年視敬業樂群，五年視博習親師，七年視論學取友，謂之小成；九年知類通達，強立而不反❽，謂之大成。夫然後足以化民易俗，近者說服，而遠者懷之，此大學之道也。記曰：蛾子時術之❾。其此之謂乎？

大學始教，皮弁祭菜❿，示敬道也；宵雅肄三，官其始也⓫；入學鼓篋，孫其業也⓬；夏楚二物，收其威也⓭；未卜禘不視學，游其志也⓮；時觀而弗語⓯，存其心也；幼者聽而弗問，學不躐⓰等也。此七者，教之大倫也。記曰：凡學，官先事，士先志。其此之謂乎？

【注釋】

❶ 塾：門側左右兩邊的堂。

❷ 黨：《周禮》五百家為一黨。庠：黨所立學校的名稱。

❸ 術：通「遂」。《周禮》一萬二千五百家為遂。序：遂所立的學校。

❹ 國：天子諸侯的都城所在。

❺ 比年：每年。

❻ 中年：間年，隔年。考校：考核測驗。
❼ 視：考察。離經：斷經文句讀。辨志：辨別志向。
❽ 強立而不反：堅定不移而又不違反師教。
❾ 蛾：同「蟻」。蛾子：小螞蟻。術：學習，倣效。之：指蛾，即大螞蟻。
❿ 皮弁：朝服，制服。祭菜：用芹、藻等菜類來祭拜先聖先師。
⓫ 宵雅：就是〈小雅〉。肄：學習。三：三篇，指《詩經．小雅》中的〈鹿鳴〉、〈四牡〉、〈皇皇者華〉三篇。官：作動詞用。古人認為學而優則仕，所以學生入學之初，讓他們學習這三篇君臣互相宴樂慰問的詩歌，鼓勵他們努力向學，而且培養忠君報國的觀念。
⓬ 篋：小箱子。鼓篋：擊鼓集合學生，打開書篋。孫：同「遜」，順。
⓭ 夏（音「甲」）：山楸。楚：荊條。夏、楚都是古代體罰學生的用具。收：收斂。威：驕縱之氣。
⓮ 禘：祭名。禘是大祭，祭前先卜，所以叫做卜禘。游：優游。
⓯ 時觀而弗語：時常從旁觀察而不急於告誡。
⓰ 躐（音「列」）：踰越。

【語譯】

古代的教學場所，一家中有「塾」，一黨中有「庠」，一遂中有「序」，一國中有「學」。每年都有學生入學，隔一年考核測試。入學一年考察對經文的句讀，辨別志向的歸趨；三年考察是否專心學業，樂於合群；五年考察是否廣博學習，親近師長；七年考察如何評論學術，選擇朋友，這就叫做小成；九年知道觸類旁通，堅定不惑，又不違背師教，這就叫做大成。能夠這樣，然後才能化育人民，改變風氣，附近的人都心悅誠服，遠方的人都來歸附他，這就是大學教育的功能了。古書說：小螞蟻時時學習大螞蟻。應該就是這個意思吧？

大學開學的時候，穿著禮服，用芹、藻來祭祀先聖先師，表示尊敬學術；演習〈小雅〉鹿鳴、四牡、皇皇者華三首詩歌，使學生一開始就有從政的想法；學生入學時，擊鼓集合，然後打開書篋，要使學生對學業恭謹；夏、楚這兩樣用具，用來收斂學生的驕縱之氣；還沒有舉行禘祭以前，不去視察學業，要使學生優游從容去發展志向；常常從旁觀察學生，卻不急於告誡，要使學生從內心裡自動自發；至於年輕的學生，只要他們聽講卻不直接發問，因為學習不能超越進度。這七項，是教學的主要程序。古書說：一切學問，要做官的，先學管理事情，要做學者，先要立定志向。應該就是這個意思吧？

大學之教也，時教必有正業❶，退息必有居學❷。不學操縵，不能安弦❸；不學博依❹，不能安詩；不學雜服❺，不能安禮；不興其藝❻，不能樂學。故君子之於學也，藏焉，脩焉，息焉，游焉❼。夫然，故安其學而親其師，樂其友而信其道。是以雖離師輔而不反❽。〈兌命〉曰：敬孫務時敏❾，厥脩乃來❿。其此之謂乎？

今之教者，呻其佔畢⑪，多其訊⑫，言及于數⑬；進而不顧其安⑭，使人不由其誠⑮，教人不盡其材；其施之也悖⑯，其求之也佛⑰。夫然，故隱其學而疾其師⑱，苦其難而不知其益也。雖終其業，其去之必速⑲。教之不刑⑳，其此之由乎？

【注釋】

❶時教：按著時序來教學。業：簡冊。正業：正課，正規的學業。

❷退息必有居學：放學閒暇時，必有家庭作業。以上三句，有人斷為：「大學之教也時，教必有正業，退息必有居」。「退息必有居學」的「學」，則屬下讀。

❸操縵：操弄曼引琴瑟的弦索。一說，操、縵都是曲課的名稱。弦：泛指樂器、音樂。

❹博依：廣為譬喻。

❺雜服：冕服皮弁之類的服飾。一說，服即事，雜服就是雜事，指灑掃應對的小禮。

❻其藝：指古代學生應學的六藝，就是禮、樂、射、御、書、數。一說，其藝指上文的操縵、博依、雜服而言。

❼藏：存之於心。焉：此指「學」。脩：習。息：休閒。游：優游。

❽輔：朋友。不反：不違背道理。

❾敬孫：敬謹謙遜。時敏：時時努力。

❿厥脩乃來：他所修習的學業才能成功。

⓫呻：吟誦。畢：簡。佔（音「山」）畢：簡冊，書本。
⓬訊：問，問難。
⓭言及于數（音「朔」）：是說一句話要說到好幾遍。
⓮進：是說加快進度，多所傳授。安：熟悉。
⓯使：教。由：用。誠：衷心。
⓰施：施教。悖：違背道理。
⓱佛：同「拂」，乖戾。
⓲隱：痛，痛惡。疾：嫌厭。
⓳去之必速：忘記它一定很快。
⓴不刑：不成，不具規模。

【語譯】

大學的教導學生，要順著時序來施教，一定要有正規科目，放學和休假時，一定要有家庭作業。如果不學操弄曲調，就不能嫻習音樂；不學多作譬喻，就不能嫻習詩歌；不學服弁雜事，就不能熟悉禮節；不重視那些技藝，就不能提起學習的興趣。所以君子對於所學的道理，要存之於心，表現於外，休息時涵泳它，遊樂時玩味它。能夠這樣，因此才能安於他的學業而親近他的師長，喜歡他的同學而信奉他所學的真理。所以雖然離開了師長同學，也不會違背道義。《尚書．說命篇》說：恭敬謙遜，能夠專心不斷努力，他所修習的學業才能成功。應該就是這個意思吧？

如今教學的人，嘴裡唸著書本，常常找很多難題來問學生，話要反覆說到好幾次；但求多教，卻不管學生明不明白，教導別人不是出乎真心，教育學生不能充分發揮他們的材能；他對學生的施教違反常理，他對學生的要求乖戾人情。這樣，因而使得學生痛恨他們的學業而憎惡他們的師長，擔心學習的困難而不知學習的好處。雖然勉強讀完了功課，但他們忘記所學也一定很快。教育的所以不能成功，應該就是這個原因吧？

大學之法，禁於未發之謂豫❶，當其可之謂時❷，不陵節而施之謂孫❸，相觀而善之謂摩❹。此四者，教之所由興也。

發然後禁，則扞格❺而不勝；時過然後學，則勤苦而難成；雜施而不孫，則壞亂而不脩❻；獨學而無友，則孤陋而寡聞；燕朋❼逆其師；燕辟❽廢其學。此六者，教之所由廢也。

君子既知教之所由興，又知教之所由廢，然後可以為人師也。故君子之教喻也，道而弗牽❾，強而弗抑❿，開而弗達⓫。道而弗牽則和，強而弗抑則易，開而弗達則思；和易以思，可謂善喻矣。

【注釋】

❶ 豫：預防。
❷ 可：適宜的時機。時：時宜，合時。
❸ 陵節：逾越禮節。孫：同「遜」，恭順。
❹ 善：改善。摩：切磋，觀摩。
❺ 扞（音「漢」）：和「格」同義，都是頑強的意思。
❻ 脩：這裡是治理的意思。
❼ 燕：褻，偏私。朋：同學。古人稱同門叫朋，同志叫友。
❽ 辟：通「譬」，譬喻，諷諭。一說，辟：同「嬖」，指女子、小人。
❾ 道：同「導」，引導。牽：抑制。
❿ 強：鼓勵。抑：壓制。
⓫ 開：啟發。達：說盡。

【語譯】

大學教人的方法，在事情還沒有發生以前，就能加以約束禁止，這就叫做預防；在適當的時機加以教導，這就叫做合宜；不逾越禮節來施教，這就叫做恭謹；使學者互相觀摩而得到好處，這就叫做切磋。這四樣，就是教育所以興盛的原因。

事情已經發生了，然後才加以禁止，就頑強而無法克服了；適當的時機已經過去了，然後才去學習，就是再努力也難有成就了；胡亂施教而不恭謹慎重，就會敗壞禮節而不可管理了；獨自學習而沒有志同道合的朋友，就會孤單淺陋而見聞不廣了；偏愛同學，違背自己的師長；溺於諷諭，荒廢自己的學業；這六樣，是教育所以衰落的原因。

君子既然知道了教育所以興起的原因，又知道了教育所以衰落的原因，然後才可以做人家的老師。所以君子的教導方法，是曉喻別人，只有引導卻不牽制；只有鼓勵卻不壓抑；只有啟發卻不結論。只有引導而不牽制，就容易使學生和睦；只有鼓勵而不壓抑，就容易使學生親近；只有啟發而不說盡，就容易使學生思考。使學生和睦親近而又能思考，這可以說是善於曉喻的了。

學者有四失，教者必知之。人之學也，或失則多❶，或失則寡❷，或失則易❸，或失則止❹。此四者，心之莫同也。知其心，然後能救其失也。教也者，長善而救其失者也。

善歌者，使人繼其聲；善教者，使人繼其志。其言也約而達❺，微而臧❻，罕譬而喻❼，可謂繼志矣。

君子知至學之難易，而知其美惡❽，然後能博喻；能博喻然後能為師；能為師然後能為長；能為長然後能為君。故師也者，所以學為君也。是故擇師不可不慎也。記曰：三王四代唯其師❾。此之謂乎？

【注釋】

❶或失則多：有的人毛病是貪多。貪多則不精。
❷或失則寡：有的人毛病是太專。太專則不博。
❸易：改變，見異思遷。
❹止：固定，畫地自限。
❺約而達：簡要卻能表達。
❻微而臧：含蓄卻很美善。
❼罕譬而喻：譬喻不多卻能說明道理。
❽難易：指學者求學入道的深淺次第。美惡：指學者質性的高低。
❾三王：在此指夏商周。四代：三王加上「虞」為四代。三王四代，重言成辭。唯其師：是說選擇老師非常慎重。

【語譯】

學習的人容易犯四種毛病，教導的人一定要知道它。人在學習的時候，有的人毛病是貪多；有的人毛病是太專；有的人毛病是見異思遷；有的人毛病是畫地自限。這四樣，心理都不相同。先明白他的心理，然後才能補救他的毛病。教育的目的，是要增進優點而補救過失的。

善於唱歌的人，能使人和著他的歌聲；善於教學的人，能使人繼承他的志向。他的言語簡約卻明白，含蓄卻精當，少用譬喻卻容易瞭解，可以說是善於繼承志向的了。

君子知道求學得道的深淺難易，而又知道它們的好壞優劣，然後才能因材施教，廣加曉喻，能夠廣加曉喻，然後才能做老師。能夠做老師，然後才能做官長，能夠做官長然後才能做君主。所以做老師的這種人，就是用來學做君王的榜樣。所以選擇老師不可以不慎重。古書說：虞夏殷周三王四代，就是看他們的老師。就是這個意思吧？

凡學之道，嚴❶師為難。師嚴然後道尊，道尊然後民知敬學。是故君之所不臣於其臣者二：當其為尸❷則弗臣也，當其為師則弗臣也。大學之禮，雖詔於天子，無北面❸；所以尊師也。

善學者，師逸而功倍，又從而庸❹之；不善學者，師勤而功半，又從而怨之。善問者，如攻堅木，先其易者，後其節目❺；及其久也，相說以解❻。不善問者反此。善待問者，如撞鐘，叩之以小者則小鳴，叩之以大者則大鳴，待其從容，然後盡其聲❼。不善答者反此。此皆進學之道也。

【注釋】

❶嚴：莊，尊重的意思。

❷尸：古代祭祀時，代替死者接受祭拜的活人。

❸詔：告。北面：古禮，天子南面，臣北面。無北面：是說天子的老師，雖是臣子，也不必面北而坐。

❹庸：功，歸功。

❺節目：樹木枝幹有環節糾結的地方。

❻說：同「脫」。一說，說：同「悅」。相說而解：自然彼此脫落分解。

❼盡其聲：完全發出它所有的聲音。

【語譯】

在一切求學的道理中，尊敬老師是很難做到的。老師受到尊敬，然後道理才受到敬重；道理受到敬重，然後人民才會尊重學問。所以君王他不以對待屬下的態度來對待臣子的情形有兩種：一種就是當臣子在祭祀中做「尸」的時候，就不把他當臣下；另一種就是當他做君王老師的時候，就不把他當臣下。大學的禮法，即使是對天子有所講授，也不必北面居臣位；這就是為了表示尊敬老師。

善於學習的人，老師很安閒，效果卻加倍，而又相隨著歸功於老師；不善於學習的人，老師很辛苦，而效果卻只得一半，而學生又都相隨著怨恨老師。善於發問的人，就像砍伐堅硬的木頭，先砍容易砍伐的部位，然後才是它較硬的節目，等到時間久了，木頭自然容易脫落分解。不善發問的人，方法與此剛好相反。善於答問的人，就像撞鐘，輕輕地敲打它，就有小鐘聲，重重地敲打它，就有大鐘聲，一定要等打鐘的人從容不迫，然後鐘聲才會餘韻悠揚，曲盡其妙。不善答問的人，與此剛好相反。這些都是增進學識的方法。

記問之學❶，不足以為人師。必也其聽語❷乎！力不能問，然後語之；語之而不知，雖舍之可也。

良冶❸之子，必學為裘；良弓之子，必學為箕；始駕馬者反之，車在馬前。君子察於此三者，可以有志於學矣。

古之學者：比物醜❹類。鼓無當❺於五聲，五聲弗得不和；水無當於五色，五色弗得不章；學無當於五官，五官❻弗得不治；師無當於五服❼，五服弗得不親。

【注釋】

❶ 記問之學：只靠記誦、沒有心得的學問。

❷ 聽語：聽到別人提出問題，才加以解答。

❸ 冶：鎔鑄銅鐵的工匠。

❹ 醜：儔，比方。

❺ 當：相等。

❻ 五官：指耳目口鼻形的官能，心居中虛，可以統攝五官。有人以為指金木水火土之官，似不足取。

❼ 五服：指斬衰、齊（音「資」）衰、大功、小功、緦麻等五等喪服的親戚。

【語譯】

只靠記誦沒有見解的人，不夠資格做別人的老師。一定要聽學生提出問題了，才加以解答；學生有疑難而沒有能力表達，然後才告訴他道理；告訴他道理了，卻仍然不明白，即使暫時放棄指導他，也是可以的。

高明鐵匠的兒子，一定能學補綴皮衣；高明弓匠的兒子，一定能學製作畚箕；剛學駕車的小馬反過來繫在車後，車子就在小馬前面。君子觀察這三件事，就可以對學問立定志向了。

古代的學者，能夠比較事物，加以歸類。譬如說鼓聲不相等於五音之一，但是五音沒有鼓為之調節就不諧和；水色不相當於五色之一，然而五色沒有水為之調勻就不鮮亮；學問不相等於五官之一，然而五官的功能沒有學問為之節制就不妥當；老師不算是五服之一，但是任何親屬沒有老師的教誨，就不懂得親近的道理。

君子曰：大德不官❶，大道不器，大信不約，大時不齊❷。察此四者，可以有志於學矣。

三王之祭川也，皆先河而後海；或源也，或委❸也。此之謂務本。

【注釋】

❶ 大德不官：偉大的德性，不是一官所能限制。
❷ 大時不齊：是說四季寒暑遞換，不會同時。
❸ 委：流水匯集的地方，指海。

【語譯】

君子說：崇高的德性，不拘於官位；偉大的道理，不限於器用；最高的誠信，不必立誓約；永恆的天時，不劃一寒暑。觀察這四點，就可以在學問上立定志向了。

夏商周三代君王，在祭祀河川的時候，都是先祭河而後祭海。有的是源頭，有的是總匯。這就叫做「務本」。

析論

〈學記〉和〈大學〉、〈中庸〉、〈樂記〉，都是《禮記》中的名篇。本篇闡明教和學的意義，足與〈大學〉之道互相發明。〈大學〉原來和〈中庸〉一樣，只是《禮記》中的一篇，到了南宋朱熹，才把它們從《禮記》中挑出單行，而與《論語》、《孟子》合為「四書」。〈大學〉的主旨，在於提出本末先後之辨，以及主張事功以德性為基礎。〈學記〉中說：「君子如欲化民成俗，其必由學乎？」這和〈大學〉所說的「自天子以至於庶人，壹是皆以脩身為本。」正可相參。

古人所說的學，不只是指知識的傳授，而且也指德性的修養。德性原是人人得之於天，要能夠保全它而無悖於人道，就需要有先知先覺者來推行它，宣導它，然後，後知後覺者才能夠學而行之。一般人都不是聖賢，不可能生而知之，所以必須經由學習，然後才能知能行，才能傳授正確的知識，端正自己的品行。

〈學記〉這篇文章，基本上它是為人君來說法的，例如篇中說：「君子如欲化民成俗，其必由學乎？」又說：「古之王者，建國君民，教學為先。」從這些話中，都可以看出來。篇中又說：「能為師然後能為長；能為長然後能為君。故師也者，所以學為君也。」這又是把師教和政教合而為一了。

這篇文章，除了闡明學為修道化民之本以外，並就為人君說法的立場，來陳述教學的一些基本原理和方法。其中論教育方法，著重「豫」、「時」、「孫」、「摩」四點；論學習心理，告訴學者須救「多」、「寡」、「易」、「止」四失，都和近代教育學說有相契合的地方。

先秦古籍中，論學的篇章很多。他們的所謂學，大多包括知識和德行二者。《論語》固然如此，後來的《荀子》等書亦莫不如此。荀子的〈勸學篇〉說：「君子博學而日參省乎己，則知明而行無過矣。」博學修身，此二者兼備，才是古人心目中真正的「學」者。

禮運（節）

禮記

昔者，仲尼與於蜡賓❶，事畢，出游於觀❷之上，喟然而歎。仲尼之歎，蓋歎魯❸也，言偃❹在側，曰：「君子何歎？」

孔子曰：「大道之行也❺，與三代之英❻，丘未之逮也，而有志❼焉。大道之行也，天下為公，選賢與❽能，講信脩睦。故人不獨親其親，不獨子其子；使老有所終，壯有所用，幼有所長，矜、寡、孤、獨、廢疾者❾皆有所養；男有分❿，女有歸⓫。貨，惡其棄於地也⓬，不必藏於己；力⓭，惡其不出於身也，不必為己。是故謀閉而不興⓮，盜竊亂賊而不作，故外戶而不閉。是謂『大同』。

「今大道既隱⓯，天下為家⓰：各親其親，各子其子；貨力為己；大人世及以為禮⓱；城郭溝池以為固；禮義以為紀——以正君臣，以篤父子，以睦兄弟，以和夫婦；以設制度，以立田里；以賢勇知⓲，以功為己。故謀用是作而兵由此起⓳。禹、湯、文、武、成王、周公，由此其選也。此六君子者，未有不謹於禮者也，以著其義⑳，以考㉑其信，著有過㉒，刑仁㉓，講讓，示民有常。如有不由此者，在埶者去㉔，眾以為殃。是謂「小康」。」

【注釋】

❶仲尼：即孔子。蜡（音「詐」）：年終大祭，祭祀萬物之神，並祭宗廟。字亦作「措」。與於蜡賓：參與蜡祭，為助祭之人。

❷觀（音「慣」）：宮闕。古時諸侯在宮門雙闕公布法令。

❸歎魯：孔子覺得魯君的蜡祭於禮不合，有所感觸，因此歎息。

❹言偃：字子游，春秋時吳國人，孔子的學生，習禮，尤長於文學，曾做過魯國的武城宰。

❺大道：至公至正之道。大道之行也：大道實行的時候。舊注：大道實行之時，指五帝時，即上古的帝王，據《禮記．月令》，指伏羲、神農、黃帝、少皞、顓頊。

❻三代：夏、商、周。英：賢君，指禹、湯、文、武等。

❼志：古書。

❽與：通「舉」。

❾矜：同「鰥」。《孟子．梁惠王篇下》：「老而無妻曰鰥，老而無夫曰寡，老而無子曰獨，幼而無父曰孤。」廢疾：殘廢，疾病。

❿分（音「奮」）：職業。

⓫歸：女子出嫁。此指歸宿。

⑫ 貨：指一切資源。惡（音「物」）其棄於地：嫌惡它被棄在地；指應開發而為公有。

⑬ 力：勞力。這裡兼指勞心而言。

⑭ 謀：陰謀詭計。閉：停止。不興：不發生。

⑮ 隱：不行。

⑯ 天下為家：把天下看成個人的財產。一說，天下人皆據所有為其私。

⑰ 大人：在上位的統治者。世及：父子相傳，兄弟相及。禮：制度。

⑱ 賢：尊崇，重視。知：同「智」。

⑲ 用：因。「用是作」與「由此起」相對稱。兵：指戰爭。

⑳ 著：明。義：宜。

㉑ 考：考驗。

㉒ 著有過：明示其有罪過。

㉓ 刑：即「型」字。刑仁：以仁愛為典型。

㉔ 埶：即「勢」字。在埶者去：言在位的人必定丟掉位子。

【語譯】

從前，孔子參與年底的蜡祭，做陪祭官，事情完了，出來在城闕上遊覽，忽然慨歎起來。孔子的歎息，乃是歎息魯國。言偃在旁邊，問道：「先生為什麼歎息？」

孔子說：「大道實行的時代，以及三代賢君當政的時代，我孔丘雖然趕不上看見，可是卻有古書記載呢。大道實行的時代，天下是天下人的，選拔有道德的人，推舉有能力的人，講究信用，提倡和平。所以人們不只是親愛他們自己的父母，不只是愛護他們自己的子女；必定是使得老年人都能妥善安頓，安享天年；壯年人都能各盡所能，發揮作用；幼年人都有健全發育的機會；鰥夫、寡婦，和孤苦、伶仃、殘廢生病的人，都能獲得贍養。男人都有職業，女人都有歸宿。資源就怕丟在地下不去開發，卻不一定要被自己私有；心力就怕不出在自己身上，卻不一定要為了自己。因此，陰謀詭計自然停止了，不會發生，強盜小偷、變亂賊寇自然不會起來；所以晚上睡覺外面大門也可以不關；這便叫做『大同』。

「現在大道早已隱沒不行了，天下成為天子一家私有的了，各人只親愛他們自己的父母，各人只愛護他們自己的子女，一切資源、勞力都是為自己著想。統治者以父子相傳、兄弟相及來作為制度，以城郭溝池來鞏固政權，以禮義作綱紀——用以分別君臣，用以親密父子，用以敦睦兄弟，用以和好夫婦，用以設立制度，用以創立田地住宅，用以推崇賢智，把一切功勞都當做自己的。所以陰謀詭計從此產生，而鬥爭禍亂也因此興起。禹、湯、文、武、成王、周公，都用這樣的方法而成了傑出的代表人物。這六位君子人物，沒有一位不是特別注重禮制的，憑禮去規定那行為是否應該，去考驗那功業是否確實；去指陳罪過，標榜仁愛，講究謙讓，指示人民有遵守的常法。如果有人不遵照這種準則，即使有地位必然會丟掉，大家也必然認為他是禍殃。這便叫做『小康』。」

析論

本文節選自《禮記・禮運篇》，記載孔子回答言偃有關五帝、三代政治的問題。那時孔子正在魯國做官，參加蜡祭（歲末大祭），看到魯君所行的祭禮不合於古，不禁興歎，因此才引出他對治國平天下的議論。這裡他所談的，是有關大同、小康之治。篇中孔子以五帝之治為大同，以三代之治為小康。

文章開頭，在寫孔子陪魯君助祭之後，即由言偃之問，展開話題。他揭示大同和小康兩種社會的不同：大同之世，天下為公，各盡所能，各取所需，是自然而安適的；小康之世則須仰仗禮義來維繫，如果禮義一旦廢弛，小康之局即不可保。「大同」和「小康」詞義其實是相對的。假使真的能天下為公，達到一個民有民治民享的社會，那麼，大家的生活、觀念都大致相同，頂多是文化傳統、地理環境稍有差別，所以叫做大同。小康則是說這種安定的局面可以維持一段時間，但畢竟不能像大同世界那樣長治久安，所以叫做小康。

篇中所揭舉的「天下為公」的「大同世界」，是儒家最高的政治理想，也是當今最被尊奉的政治目標。

【陸】

山海經

《山海經》解題

《山海經》是先秦典籍中的一部奇書，它記載了許多殊方異物，往往被後人斥為恢怪不經，有人說它是古代的巫書，有人說它是古今語怪之祖，也有人把它當作地理書，晚近以來的學者，大多認為它是中國古代神話的大寶藏。

《山海經》的作者，歷來都以為是大禹、伯益，因為他們平定洪水，遊歷九州，見過不少奇異事物，所以記錄下來，留給後世。實際上，它不是一人一時之作。漢代時，它只有十三篇，現在我們所看到的傳本，卻共有十八卷。包括〈山經〉五卷和〈海經〉十三卷。〈山經〉又名〈五藏山經〉，成書較早。它的著成年代，雖然還不能確定，但成於戰國末年以前，應無問題。

《山海經》的「經」，本義是「經歷」的「經」，並非「經典」的意思。本來，它附有配圖，所以陶淵明的〈讀山海經〉詩中，才有「流觀山海圖」的句子。

晉朝郭璞的《山海經傳》和清代畢沅的《山海經新校注》、郝懿行的《山海經箋疏》等書，都是前人讀此書時必備的參考書。民國袁珂的《山海經校注》、《山海經校譯》，材料豐富，用力甚勤，成績最為可觀。

神話和歷史傳說常常混淆分不開。戰國後期的思想家及其著作，像《韓非子》、《呂氏春秋》等等，藉神話和歷史傳說來闡道說理，發表議論，卻使文章增加了很多文采。這是值得讀者注意的。

先秦的神話傳說，我們在此選錄《山海經》和《穆天子傳》為代表。

【山海經選】

海外北經

海外自西北陬❶至東北陬者。

無啟之國在長股東❷，為人無啟。

鍾山❸之神，名曰燭陰❹。視為晝，瞑為夜；吹為冬，呼為夏；不飲，不食，不息❺；息為風，身長千里。在無啟之東。其為物，人面，蛇身，赤色，居鍾山下。

一目國在其東，一目中其面而居❻。一曰有手足❼。

柔利國在一目東，為人一手一足，反厀❽，曲足居上。一云留利❾之國，人足反折。

【注釋】

❶ 陬（音「鄒」）：角落，邊遠的地方。

❷ 啟：一作「綮」。綮：腓腸。袁珂《山海經校注》以為啟一作「繼」，無啟就是無繼，沒有後代的意思。沒有後代，怎麼還能成為國家呢？這是因為他們死後一百二十年又能復活過來，等於長生不

死，所以雖然沒有後代子孫，仍然能成為社會群體。長股：古神話中國名，見《山海經．海外西經》。長股國的人，脛股都很長。

❸ 鍾山：古神話中地名，在西北方，因不見日，終年寒冷。

❹ 燭陰：就是燭龍。因為鍾山無日天寒，有龍銜火精往照其中，所以稱為燭陰。

❺ 息：氣息，猶言呼吸。

❻ 一目中其面而居：獨眼就生在臉孔中間。《山海經．大荒北經》：「有人一目，當面中生。一曰是威姓，少昊之子，食黍。」

❼ 此句疑為衍文。

❽ 厀：同「膝」。反厀：就是反膝。膝蓋反生的意思。《山海經．大荒北經》：「有牛黎之國，有人無骨。」

❾ 留利：和「柔利」聲音相近，這裡可以互相替代。

【語譯】

海外地區從西北角到東北角。

無啟國在長股國的東邊，為人沒有子孫後代。

鍾山的山神，名叫燭陰。他睜開眼睛便是白天，閉上眼睛就成黑夜；一吹氣便是寒冬，一呼氣又成為炎夏；不喝，不吃，不呼吸；一呼吸就成為風，他的身子有一千里長。在無啟國的東邊。他的形狀，是人的臉孔，蛇的身子，渾身紅色，居住在鍾山下。

一目國在它——鍾山山神燭陰——的東邊，這兒的人一隻眼睛生在臉的中央。一本說，有手有腳。

柔利國在一目國的東邊，這兒的人只有一隻手和一隻腳，膝蓋反生，腳彎曲朝上。一本說，留利這個國家，人民的腳是反折的。

共工之臣曰相柳氏❶，九首，以食于九山❷。相柳之所抵，厥❸為澤谿。禹殺相柳，其血腥，不可以樹五穀種。禹厥之，三仞三沮❹，乃以為眾帝之臺。在昆侖之北，柔利之東。相柳者，九首人面，蛇身而青。不敢北射，畏共工之臺。臺在其東。臺四方，隅有一蛇，虎色❺，首衝❻南方。

深目國❼在其東，為人舉一手一目❽，在共工臺東。

無腸之國❾在深目東，其為人長而無腸。

聶耳之國❿在無腸國東，使兩文虎，為人兩手聶其耳。縣⓫居海水中，及水所出入奇物。兩虎在其東。

【注釋】

❶ 共工：古神話中的水神，曾與顓頊爭為天帝，使大地發生變動。相柳民：共工的臣屬。《山海經·大荒北經》：「共工臣名曰相繇，九首蛇身，自環，食於九土。……」可與本文對照。相繇即相柳，聲相近。

❷ 此二句是說：相柳氏非常貪暴，牠有九個頭，就吃九座山的東西。

❸ 厥：其。一說，厥：即掘、觸。

❹ 厥：掘。三仞三沮：是說三次填補，又三次塌陷。仞：同「韌」，牢固。沮：毀壞。

❺ 虎色：虎文，老虎的紋彩。

❻ 衝：向的意思。

❼ 深目國：《山海經·大荒北經》：「有人方食魚，名曰深目之國。」《淮南子·墬形篇》也有深目民。

❽ 為人舉一手一目：《鏡花緣》第十六回說深目國「其人面上無目，高高舉著一手，手上生出一隻大眼。」可以參閱。袁珂《山海經校注》以為此句應作：「為人深目，舉一手。一曰……」。

❾ 無腸之國：《山海經·大荒北經》：「又有無腸之國，是任姓，無繼子，食魚。」無繼，即篇首的無啟。《淮南子·墬形篇》有無腸民。

❿ 聶：攝、提的意思。聶耳之國：就是〈大荒北經〉中的「儋耳之國」。

⓫ 縣：「懸」的古字。

【語譯】

共工的臣子名叫相柳氏，生有九個頭顱，同時吃九座山上的食物。相柳所到的地方，便成了沼澤和溪谷。禹殺死相柳，他的血非常腥臭，不能用來栽種五穀。禹挖掘填塞這塊地方，三次填土，三次都塌陷下去，禹於是把挖掘出的泥土用來修造了幾位古帝的臺觀。在昆侖山的北邊，柔利國的東邊。相柳這個怪物，九個頭顱，人的臉，蛇的身子，渾身青色。不敢向北方射箭，是害怕共工臺觀的威靈。臺在他——相柳——的東邊。臺是四方形的，每一角有一條蛇，老虎的色紋，蛇頭衝向南方。

深目國在它的東邊，這兒的人舉著一隻手，只有一隻眼睛。（深目國）在共工臺的東邊。

無腸國在深目國的東邊，這兒的人身體長大，可是肚裡卻沒有腸子。

聶耳國在無腸國的東邊，使喚兩匹斑紋老虎，他們兩隻手經常托著自己的耳朵。孤懸在大海當中，海水裡經常進出各種奇怪的生物。兩隻老虎在它——聶耳國——的東邊。

夸父❶與日逐走，入日❷。渴欲得飲，飲于河、渭❸；河、渭不足，北飲大澤❹。未至，道渴而死。棄其杖，化為鄧林❺。

夸❻父國在聶耳東，其為人大，右手操青蛇，左手操黃蛇。鄧林在其東，二樹木。一曰博父。

禹所積石之山❼在其東，河水所入。

拘纓之國❽在其東，一手把纓。一曰利❾纓之國。

尋木❿長千里，在拘纓南，生河上西北。

跂踵⓫國在拘纓東，其為人大，兩足亦大，一曰大踵⓬。

【注釋】

❶夸父：古神話中與太陽競走的英雄，相傳是炎帝神農的後裔。夸指大，父為男子的美稱。可見夸父長得魁梧高大。〈大荒北經〉有相類似的文字，可以參考。

❷入日：進入日球（太陽）裡。一作「日入」。

❸河渭：黃河、渭水。

❹大澤：疑即古之翰海。

❺鄧林：桃林。〈中山經〉：「夸父之山，北有桃林。」

❻夸：原作「博」，因下文有「一曰博父」，故此處應作「夸」。

❼禹所積石之山：山名，與「積石之山」不同。禹所積石之山，方位在北，見〈大荒北經〉。積石之山，方位在西，見〈海內西經〉。

❽拘纓之國：《山海經》中一個北方的國家。《淮南子．墬形篇》有「句嬰民」。纓：郭璞疑當作「癭」，下同。癭：瘤。

❾利字疑當作「捋」。

❿尋木：一種又長又大的樹木。

⓫跂踵：踮起腳跟走路。

⓬此三句袁珂《山海經校注》以為當作「其為人兩足皆支，一曰反踵」，意思是說：這國家的人民，都是踮著腳跟走路。反踵：腳掌反轉而生，譬如說人向南走，腳卻北向。

【語譯】

夸父同太陽賽跑，跑進太陽光輪裡。口裡乾渴，想要得到水喝。便去喝黃河和渭水的水，黃河渭水的水還不能夠解渴。於是他又去北方喝大澤的水，還沒有走到，就在途中渴死了。他拋掉他的手杖，變為桃林。

夸父國在聶耳國的東邊，這兒的人身材高大，右手握著青蛇，左手握著黃蛇。桃林在它的東邊，只有兩棵樹。一本說，是博父國。

禹所積石山在它——夸父國——的東邊，那是河水流入的地方。

拘纓（癭）國在它——禹所積石山——的東邊，這兒的人常用一隻手拿著纓帶（托住自己頸脖上的肉瘤）。一本說，就是利纓之國。

尋木高有千里，在拘纓國的南邊，生長在河水岸上的西北方。

跂踵國在拘纓國的東邊，這兒的人都長得高大，兩腳也大，一本說是大踵國。（兩隻腳都是腳跟不著地、踮著腳掌走路的。一本說，不是跂踵，是反踵。）

歐絲❶之野在反踵東，一女子跪據樹歐絲。

三桑無枝，在歐絲東，其木長百仞，無枝。

范林❷方三百里，在三桑東，洲環其下。

務隅之山❸，帝顓頊葬于陽❹，九嬪葬于陰。一曰爰有熊、羆、文虎、離朱、鴟久、視肉。

平丘❺在三桑東，爰有遺玉❻、青馬、視肉、楊柳、甘柤❼、甘華❽，百果所生。有❾兩山夾上谷，二大丘居中，名曰平丘。

北海內有獸，其狀如馬，名曰騊駼❿。有獸焉，其名曰駮，狀如白馬，鋸牙，食虎豹。有素獸焉，狀如馬，名曰蛩蛩⓫。有青獸焉，狀如虎，名曰羅羅⓬。

北方禺彊⓭，人面鳥身，珥⓮兩青蛇，踐兩青蛇。

【注釋】

❶歐絲：嘔絲、吐絲的意思。

❷范：通「汎」。范林：浮汎在水上的森林。

❸務隅之山：漢水發源地。〈大荒北經〉：「附禺之山，帝顓頊與九嬪葬焉。」嬪：婦。務隅、附禺，聲近字通。

❹陽：山南。下句的「陰」，指山北。

❺平丘：《山海經》中一個方位在東北的地名。
❻遺玉：一種玉石的名稱。有人說是一種像琥珀一般的黑玉。
❼甘柤：一名甘櫨、甘柤梨。枝幹紅色，黃色的花，白色的葉子，黑色的果實。
❽甘華：一種形狀像甘柤的樹木。枝幹紅色，花葉黃色。
❾有：一作「在」。
❿騊駼（音「逃突」）：一種青色的野馬。
⓫蛩（音「窮」）蛩：即蛩蛩鉅虛。一作「邛邛」。一種形狀像馬、一走百里的怪獸，《穆天子傳》、《呂氏春秋》中都曾提及。
⓬羅羅：青虎。
⓭禺彊：字玄冥，北海的水神兼風神。一名禺京。
⓮珥：耳朵上掛著。

【語譯】

歐絲之野，在反踵國的東邊，有一個女子正跪靠在一棵大樹上吐絲。

三棵桑樹，沒有樹枝，在歐絲之野的東邊，它高達八十丈，只是不生樹枝。

浮泛在水上的一座森林，方圓約三百里，在三桑的東邊，河洲環繞在它的下面。

務隅之山，古帝顓頊葬在它的南面，他的九個嬪妃葬在它的北面。一本說，這裡還有狗熊、人熊、斑紋的虎、離朱鳥、貓頭鷹和永遠也吃不完的視肉。

平丘在三棵桑樹的東邊，這裡有千年琥珀一般的黑玉，有青馬、視肉、楊柳、甜柤梨樹以及與甜柤梨樹形狀相似的甘華樹，這裡是百果所生的地方。有兩座山夾著山上的谿谷，兩個大丘處在谷中，名字就叫平丘。

北海內有一種獸，形狀像馬，名叫騊駼。又有一種獸，名叫駮，形狀像白馬，鋸子一樣的牙齒，能吃老虎和豹子。又有一種白色的獸，形狀像馬，名字叫蛩蛩。又有一種青色的獸，形狀像老虎，名字叫羅羅。

在極北方的禺彊，人的臉，鳥的身子，耳朵上懸掛兩條青蛇，腳下踏著兩條青蛇。

析論

〈海外北經〉選自《山海經》第八卷，是〈海經〉十三卷之一。〈海經〉包括〈海外〉、〈海內〉、〈大荒〉各西北東南四經凡十二卷，另加〈海內經〉一卷。

在這一卷裡，記載了北方國家許多奇異怪誕的事物。首先說「無啟之國」，是在「長股之國」東。長股國見於〈海外西經〉，可見此卷和〈海外西經〉有連接的作用。

在所記的殊方異物中，像「一目國」、「柔利國」、「深目國」、「無腸之國」、「聶耳之國」等等，都是從形狀相貌的怪異來記敘的。換句話說，這些國家的人民，都有他們奇怪的形相特徵。「一目國」的人，只有一隻眼睛，長在臉孔中央；「無腸之國」的人，身材高大，但腹內卻沒腸子，食物直接通過。其他的一些國家，人民也都是具有奇形怪狀的特徵。「無啟之國」的「啟」，經文原作「脊」，脊就是腓腸，如果經文原來無誤，那麼「無啟之國」，就是這個國家的人民，人人都是沒有腓腸的人了；「拘纓之國」的「纓」，郭璞疑當作「癭」，癭就是頸上長瘤，假使郭璞的說法無誤，那麼「拘纓之國」的人民，不是人人提著纓帶，而是人人托著他們的癭瘤而行了。另外像「跂踵國」，有人把「跂踵」解釋為踵不著地，而以五指走路，有人則解釋為反踵而行，意思就是人往南走時，腳掌卻是北向的。不管怎麼解釋，這些殊方異域的事物，都免不了神怪的色彩。

除了奇形怪狀的國家之外，〈海外北經〉有的是記述某些山川的地理位置和周遭景物。像「禹所積石之山」、「務禺之山」、「平丘」等是。「禹所積石之山」，亦見於〈大荒北經〉，這和〈西山經〉或〈海內西經〉所說的「積石之山」方位不同，並非同一座山。「禹所積石之山」，方位在北，文中說它是「河水所入」——黃河入海的地方。除此之外，作者別無記敘，顯然是標記它的地理位置而已。像「平丘」，除了標示它的地理位置之外，不過是寫出它的特產，有遺玉、楊柳等等，並沒有提到這地方有沒有住人，或這些居民有什麼奇怪的形狀特徵。

對照這些描寫，我們可以發現先民的宇宙觀。他們把口耳相傳的不經之談，經過渲染和幻想，使一些原來只是地理記載的資料，附會而成神話傳說。「禹所積石之山」，文中只是標示地理位置，假使多附會一些禹的傳說，或經過幻想，誇張渲染這山上有什麼奇異的事物，或者住著什麼樣奇形怪狀的人，那麼它就不只是地理位置的記載，而成了新的神話傳說了。

在〈海外北經〉中，有幾條資料是值得特別注意的。分別是：「共工之臣相柳氏」、「歐絲之野」、「北海內有獸」、「北方禺彊」。下面略加說明。

共工又名康回，是古代神話傳說的水神。據《淮南子．天文篇》的記載，他曾與黃帝後裔顓頊爭帝，怒觸「不周之山」，使「天柱折，地維絕」，使「天傾西北，地不滿東南」。據《荀子．成相篇》的記載，他又與黃帝後裔禹爭勝，最後為禹所敗。《山海經．大荒西經》中，還有「禹攻共工國山」的記載，此卷說共工之臣相柳，為禹所殺，都反映了古代神話中黃帝與蚩尤之戰的波瀾壯闊。這些都是黃帝、蚩尤之爭的餘波。因為禹治水有功，成為世人心目中的英雄，所以與他對立的共工及其部屬，乃不能不變成凶惡的人物。文中說相柳氏有九個頭顱，軀幹像青蛇，其血腥臭，不可生穀，這都是刻意渲染相柳氏的凶惡形相。〈大荒北經〉還有更進一步的描寫。可以看出來，先民把「昆侖之北，柔利之東」這個「不可以樹五穀種」的地方，和共工、相柳的傳說，如何結合起來。

「歐絲之野」的故事，實即後世蠶馬神話的雛型。《搜神記》卷十四裡所記的蠶馬，和本文的「一女子跪據樹歐絲」、「三桑無枝」，是可以合看的。蠶馬神話的故事，大意是：太古之時，有個女子，因為想念遠行的父親，無意間對一匹雄馬說：假使能把父親接回來，她願以身相許。等到雄馬真的去迎回她的父親，她卻食言了。因此，雄馬發怒奮擊，表示不滿。這個女子的父親，後來知道此事，竟把雄馬殺了，並且把剝下的馬皮曝晒庭中。有一天，父親不在，這個女子用腳去踢馬皮，責罵它妄想娶人為妻。馬皮竟然捲起女子跑了。過了幾天，她的父親才在大樹間，找到吐絲成繭、已化為蠶的女兒和馬皮。這棵大樹，後來就叫做桑，諧音「喪」。這個神話故事，反映了古代男耕女織的農業社會，蠶絲的應用和婦女的生活。

「北海內有獸」這一則故事，記述四種怪獸：騊駼、駮、蛩蛩、羅羅。這四種怪獸，前三種形狀都像馬，只有羅羅形狀像虎。其中的駮，文中說牠「狀如白馬，鋸牙，食虎豹」，〈西山經〉也有類似的描寫，可見牠是非常凶猛的怪獸。《管子．小問篇》說，有一次齊桓公乘馬外出，迎日而馳，老虎見了那匹馬，就趴在地上不敢動。桓公問管仲這是何故。管仲答道：「此駮象也，駮食虎豹，故虎疑焉。」這可以看出：後來的諸子書中，也免不了受到神話傳說的影響。同樣的道理，像馬的白色怪獸

「蛩蛩」，不但見於《山海經》，也出現在《穆天子傳》、《周書》等書之中。像《周書．王會篇》就說：「獨鹿邛邛，善走也。」獨鹿，指西方的外族。邛邛，就是蛩蛩。蛩蛩，一走百里，是一種「善走」的怪獸，用來形容「獨鹿」善走，正是神話和史傳結合的最好說明。

「北方禺彊」也見於〈大荒北經〉，他是北極的水神兼風神。《莊子．大宗師》：「禺彊立于北極。」〈逍遙遊〉又說：「北冥有魚，其名為鯤，鯤之大，不知其幾千里也，化而為鳥，其名為鵬，鵬之背，不知其幾千里也。……」袁珂的《山海經校注》以為：禺彊是水神時，在水中為魚，就等於鯤；禺彊是風神時，在空中為鳥，就等於鵬。他最後的結論是：「莊周詼詭之寓言，證以此經所記禺彊之形貌，豈非實有神話之背景存於其間乎？」神話和寓言故事之間的關係，我們在這裡也找到了例證。

精衛填海

山海經

發鳩之山❶，其上多柘木。有鳥焉，其狀如烏，文首，白喙❷，赤足，名曰精衛。其鳴自詨❸。是炎帝之少女，名曰女娃。女娃游于東海，溺而不返❹，故為精衛。常銜西山之木石，以堙❺于東海。

【注釋】

❶ 發鳩之山：一名發苞山，一名鹿谷山，漳水所出。或云，在今山西長子縣西五十里。

❷ 文首：是說頭上有花紋。白喙：白色的嘴巴。

❸ 鳴：一作「名」。詨：同「叫」。其鳴自詨：自叫其名為「精衛」。很多鳥雀之得名，都是由於牠們的叫聲。

❹ 溺而不返：溺死在海水裡不再回來。

❺ 堙（音「因」）：填塞。

【語譯】

發鳩之山的山上，有很多柘樹。有一種鳥，牠的形狀像烏鵲，花紋的頭，白色的嘴，紅色的腳，名稱叫精衛。牠的鳴聲是自己呼叫自己。牠是神農氏的小女兒，名叫女娃。女娃在東海上遊玩，溺死了不能回去，所以化為精衛鳥。常常口銜西山的樹枝和石子，想要填塞東海。

析論

這一篇是從《山海經．北山經》裡選錄出來的，描寫炎帝少女溺死在東海，而化為精衛鳥的經過，充分表現出猛志長在、永不屈服的奮鬥精神。

其餘參閱下文〈鯀禹治水〉析論部分。

刑天爭帝

山海經

刑天與帝至此爭神❶。帝斷其首，葬之常羊之山❷。乃以乳為目，以臍為口，操干戚❸以舞。

【注釋】

❶ 天：原是人頭部的象形。刑天：砍頭之意。一作「形夭」。斷首的神，亦即形夭。帝：指天帝。「爭神」上一本無「至此」二字。

❷ 常羊之山：傳說西方地名，未詳所在。

❸ 操：持。干：盾。戚：斧。

【語譯】

刑天和天帝在這裡爭勝。天帝砍斷他的頭，把他埋葬在常羊之山。刑天仍然以乳頭為眼睛，以肚臍為嘴巴，手拿著盾牌和斧頭揮舞著，繼續戰鬥。

析論

這是從《山海經・海外西經》裡選錄出來的，寫形天與帝爭神，雖然被殺了頭，仍不屈服，又以乳為目，以臍為口，揮舞著盾牌和斧頭，繼續奮鬥。這種悲劇精神，足可驚天地而泣鬼神。

其餘參閱下文〈鯀禹治水〉析論部分。

鯀禹治水

山海經

洪水滔天。鯀竊帝之息壤以堙洪水❶，不待帝命。帝令祝融殺鯀於羽郊❷，鯀復生禹❸。帝乃命禹卒布土以定九州❹。

【注釋】

❶鯀：禹的父親。帝：天帝。息壤：一種能生長不息的土壤。

❷祝融：傳說中的火神。羽郊：羽山之郊。羽山是傳說中的地名，在北方荒野的陰暗處。

❸復：「腹」的借字。復生：是說從腹中孕育了禹。

❹布：分布，散布。土：指息壤。

【語譯】

大水泛濫在天地之間。鯀偷取了天帝的息壤，來堵塞大水，沒有先得到天帝的准許。天帝於是命令祝融在羽山之郊殺了鯀，鯀從腹中孕育為禹。天帝終於命令禹敷布息壤來安定九州。

析論

神話是先民生活與思想的產物。在原始社會裡，先民對宇宙人生的神祕奧妙，天地萬物的變化莫測，覺得不是人力所能了解，於是為了解釋這些宇宙萬物的奇異現象，就產生了各種各類的神話，藉此來表達他們對自然界認識和征服的欲望。從這些神話中，我們可以看到先民的生活現實和思想風貌。

洪水神話就是先民認識、征服自然界的一個好例子。根據《孟子．滕文公篇》、《淮南子．本經篇》等等的記載，堯舜的時代，洪水氾濫，橫流天下，五穀不登，禽獸逼人。後來，帝舜派禹加以疏導，才平定水患，使「魚自入深淵，人自居平土」（辛棄疾詞句），解除了民無定所的痛苦。「昔」（≋⊙）這個字，歷來都解釋為「乾肉」，說是肉脯被太陽曬乾的意思，但是，也有人把字的上半，解作「水」的象形；假使後者的說法可以成立，那麼，「昔」也就是指洪水滔天的時候，意即古代。「昔」兼有「古」義，說不定就是這樣來的吧。

先民對洪水的氾濫為災和禹的治水有功，有幾種不同的說法；每一種說法，都免不了有神話中慣見的神怪色彩。《山海經．海內經》裡的這段記載，至少有三點值得我們注意。第一，洪水氾濫成災，鯀盜取息壤去防堵，為什麼「不待帝命」，天帝就要派向來水火不相容的火神祝融去殺死他呢？第二，「鯀復生禹」的意義究竟是什麼？第三，同樣治水，鯀失敗而禹成功的因素是什麼？

關於第一點，《孟子．滕文公篇》曾引《尚書》裡舜對禹的話說：「洚水警余」，這句話也出現在偽《古文尚書．大禹謨》裡，寫成「洚水儆予」，意思一樣。洚水就是洪水，「警余」就是「儆予」，都是說洪水在警告我們了。言下之意，乃是生民有罪，上天藉此施以懲罰的意思。後來唐初傳奇小說〈古鏡記〉中，寫張龍駒手持古鏡，救人除病，夜裡龍頭蛇身的鏡精來託夢說：「百姓有罪，天與之疾，奈何使我反天救物！」這些說法都可以用來互相印證。可見人們自己破壞了生存的空間，就會導致天地失序，災患流行。

當洪水氾濫成災的時候，鯀因為同情人民，所以違背了天帝的旨意，盜取了息壤，來解救他們。天意不可犯，鯀的努力，注定是要失敗的。然而，神話中天帝為什麼要派祝融來殺鯀呢？說來別有一番道理。

我們知道，黃帝與蚩尤之戰，是古代歷史的一件大事，在神話傳說中，這更是一場波瀾壯闊、歷時久遠的戰爭。基本上，這反映了原始社會裡一大種族部落和另外一大種族部落的爭鬥。從《山海經》、《左傳》等古書記載中，我們可以找到：黃帝、顓頊、鯀、禹是一脈相承的，屬於同一個系統；而炎帝、蚩尤、祝融、共工也是一脈相承的，屬於另一個系統。前者居中兼有北方，主土兼水；後者居南，屬火。這兩個不同的系統，不同的種族部落，發生長期持續的戰爭，有時候甚至還自相殘殺。因此，在古代神話故事中，有很多地方寫黃帝和蚩尤之戰，寫顓頊和共工之爭，寫祝融殺死鯀，最後禹又逐殺了共工。這些神話故事，反映了當時種族部落之間爭鬥的事實，也說明了先民在解釋堯、舜時代洪水滔天的傳說時，不能免除歷史現實的影響。

至於火神祝融殺死鯀的地點，所謂羽郊，究竟在什麼地方，歷來說法不一。有人說羽郊就是羽山之郊，也就是北方寒冰所積的「委羽之山」（《淮南子．地形篇》）。有人以為羽同「虞」，羽淵就是虞淵。這是日所止息的玄冥羽山之下有海，叫羽淵。有人以為羽同「虞」，羽淵就是虞淵。這是日所止息的玄冥大海，《左傳．昭公七年》有云：「昔堯殛鯀于羽山，其神化為黃能，以入于羽淵。」《國語．晉語》也說：「昔者鯀違帝命，殛之於羽山，化為黃能，以入於羽淵。」黃能，一作「黃龍」，與居中屬土的黃帝關係密切，而羽淵既是寒冰所積的玄冥大海，自然屬水在北。因此，由鯀到禹之間，這一系統的部族，已經奄有土水之長。透過這個，或許可以說明「鯀復生禹」的意義。

「鯀復生禹」的「復」，向來作「腹」解釋。屈原的〈天問〉裡有以下幾句：「永遏在羽山，夫何三年不施？伯禹腹鮌，何以變化？」這是說：被殺死後而長久禁閉在羽山的鯀，為什麼經過三年之久，屍體還不會腐壞？而伯禹在鯀的腹內孕育成長，這是怎麼變化出來的？屈原的這些問題，正是對先民神話傳說的一些質疑。復同「腹」，鯀同「鮌」。鯀入羽淵之後，雖死而不滅，三年之後，竟然蛻變而為禹。「鯀復生禹」的「生」，解釋為父之生子的生，固然不錯，但就神話而言，把「生」解釋為蛻變而生，似乎更接近神話中生生不已的意義。

《山海經．大荒西經》說：「有魚偏枯，名曰魚婦，顓頊死即復蘇。風道北來，天乃大水泉，蛇乃化為魚，是為魚婦，顓頊死即復蘇。」意思是說：有一種魚，半身偏枯，名叫魚婦；顓頊死後又馬上復活過來。當風從北方吹來，使泉水洋溢而至，蛇於此蛻化成魚，這就是所謂魚婦；也就是說，顓頊死了，馬上又復活過來，由原形的蛇蛻化為魚。這種魚的形體，是偏枯的。我們據此再看看《莊子．盜跖篇》說的「禹偏枯」，《列子．楊朱篇》說的「大禹一體偏枯」，兩相對照，就可以了解：顓頊和鯀、禹之間有相同的地方，他們都經由變形而孕育出一個新的生命。他們形體雖死而意志長存。他們變形的過程，正好展現了生命無限、本質不滅的精神。

這種精神，在其他神話故事裡，也可以常常看到。例如刑天與帝爭神，頭雖然被砍斷了，卻仍然以乳為目，以臍為口，揮動著盾牌、斧頭，繼續抗戰；女娃遊於東海，雖然溺死了，卻化為精衛鳥，常銜西山的木石來填塞東海。這種形體雖殘而猛志長在的精神，和鯀被殺死而復生禹一樣，都可視為先民在解釋自然界奇異現象的同時，不只想認識自然，而且想征服自然了。

最後一點，關於鯀治水失敗而禹治水成功的道理，可以分為兩個層次來說明。一、鯀的所以失敗和禹的所以成功，都和天帝的旨意有關。鯀因為「不待天命」，所以被殺；禹因為得到帝旨，所以成功。表面看是如此，事實上也可以解釋為：鯀、禹的堅決意志、頑強反抗，終於迫使天帝讓了步。二、根據上文引過的《山海經·海內經》的記載，鯀是以息壤來「堙」洪水的，堙就是填塞防堵，而禹則是用「布土」的方法。《詩經·長發篇》說：「洪水茫茫，禹敷下土方」，《淮南子·地形篇》說：「禹乃以息土填洪水，以為名山」，看來禹也像鯀一樣，是用息壤來「敷」「填」的。可是，禹的憂民救水，除了有息壤填淵之外，還有河伯獻圖、伏羲授簡、黃龍曳尾於前、玄龜負泥於後等等的傳說，這表示他除了獲得天帝的同意之外，還得到各方神靈的鼎力相助，所以他才能盡力溝恤，導川夷岳，平定水患，使人民安居樂業。《山海經·海內經》說的「帝乃命禹卒布土以定九州」，既然說是「布土以定九州」，自然有敷布息壤、分定九州的意思，因此，後人說禹以疏導法來治洪水，應該是不錯的說法。可是，所謂疏導，我總覺得，與其解釋為盡力溝恤，導川夷岳，還不如進一步解釋為：既能上得天命，下達人情，又能得到各方的協助。或許這樣說，更接近原始洪水神話所要反映的現實意義。《荀子．成相篇》曾說：「禹傅（敷）土，平天下，躬親為民勞苦，得益、皋陶、橫革、直成為輔。」旨哉斯言！

關於洪水的神話傳說，還有很多，例如後世所傳的杜宇治水、李冰鬥蛟等等，都是很多人耳熟能詳的例子。這些例子，或寫天命難違，或寫人定勝天，都比原始的神話故事要曲折動人，而且更富有現實意義。只是我不知道，從春秋時代開始，像《國語．周語》所記召公勸諫厲王的話：「防民之口，甚於防川。」「為川者決之使導，為民者宣之使言。」《國語．楚語》記鬬且所說：「夫民心之慍也，若防大川焉，潰而所犯必大矣。」這類的政治教訓不少，當我們讀到這些文字時，是否把它們和洪水神話所呈現的意義聯想在一起。

【附錄】

讀《山海經》札記（十五則）

吳宏一

一、山海經的書名與成書年代

《山海經》一書，相傳夏禹或伯益所撰。據劉歆〈上山海經表〉說：「昔洪水洋溢，漫衍中國」，鯀、禹、益等人先後治水，而後「禹別九州，任土作貢，而益等類物善惡，著《山海經》。」又據《隋書．經籍志》：「漢初，蕭何得秦圖書，故知天下要害。後又得《山海經》，相傳以為夏禹所記。」歷來稱《山海經》乃夏禹或伯益所撰者，根據在此。不過，這兩處引文中所提到的「山海經」，究竟是不是專書原來的名稱，其實是無法確定的。歷來把它當作《山海經》專書的名稱，而不作為一般泛稱的《山經》、《海經》看，從理論上說，其實是一種「大膽的假設」。

劉歆（原名秀）是西漢末年著名學者。他的〈上山海經表〉中說：漢武帝時，有人獻珍禽異鳥，只有東方朔識其物；漢宣帝時，上郡有人鑿石得一石室，其中有反綁手足的怪物，只有他父親劉向知其為貳負之臣。帝問何以知之？劉向答：出自《山海經》。自此朝士多奇《山海經》，而文學大儒亦讀而奇之，以為「可以考禎祥變怪之物，見遠國異人之謠俗」。從文氣上看來，這裡的《山海經》亦似乎應作專書原來的名稱看才對。那麼，為什麼要存疑其間呢？

因為存疑有存疑的道理。存疑的理由是——

司馬遷在劉歆之前，他的《史記．大宛列傳》也曾提及此一書名。文中有一大段話，這樣說：「故言九州山川，《尚書》近之矣。至《禹本紀》、《山海經》所有怪物，余不敢言之也。……」很明顯，它和《禹本紀》並列，應是專書名稱了。但奇怪的是，東漢班固的《漢書．張騫傳》贊語，以及王充的《論衡．談天篇》等，都曾全文引錄司馬遷的這一段話，卻無《山海經》之名。引文中的《山海經》，都只作《山經》。更奇怪的是，班固的《漢書．藝文志》和王充《論衡》的〈說日篇〉、〈別通篇〉、〈訂鬼篇〉，卻又確確實實記載有《山海經》這樣的專書名稱。

清代畢沅《山海經新校正》以為「《五藏山經》三十四篇，實是禹書。……《海外經》四篇、《海內經》四篇，周秦所述也。」他的看法是值得重視的。今人郭世謙《山海經考釋》一書，卷首有〈山海經構成考〉，認為《山經》和《海經》原曾各自獨立，分別流傳。

怎樣解釋才好呢？拙見是：或許《山海經》初名《山經》；或許《山經》與《海經》成書時代不同。《山經》部分成書較早，真的起於夏禹之世，曾經單行，後人迭有增益，後來才併《海經》部分而成一書。其編纂成書，應在戰國之時。戰國時代，諸子競起，百家爭鳴，好作炫奇之談，可謂正逢其時；彙編語怪之書，亦正逢其時。是否如此，有待考定。

二、山海經的內容

西漢末年，劉向、劉歆父子校訂此書時，據稱原有三十二篇，劉向、尹咸分為十三篇，後來劉歆則釐定為十八篇。晉郭璞曾為校注，有〈山海圖讚〉，並稱其「宏誕迂誇，多奇怪俶儻之言」。又，陶淵明〈讀山海經〉詩云：「汎覽周王傳，流觀山海圖」，皆足見原書附圖，經文或係配圖而記。特別是海外四經，更像是配對圖畫的記敘文字。

書分山經、海經。山經一稱五藏山經，分南山經、西山經、北山經、東山經、中山經五部；海經則分海外四經、海內四經（海內東經後之水經，或郭璞所增）、大荒五經等，各以南西北東或東南西北為次。各經之內，又分若干系列，每以數十百里為次。據《爾雅．釋地》云：「東至于泰遠，西至于邠國，南至于濮鉛，北至于祝栗，謂之四極。觚竹、北戶、西王母、日下，謂之四荒。九夷、八狄、七戎、六蠻，謂之四海。」可知《山海經》成書時，已有涵蓋四海內外、即天下之意。

書中所記，「內別五方之山，外分八方之海」，紀其珍寶奇物，及四海之外，絕域之國，殊類之人。例如羽民國、三臂國、交脛國、女子國等等。非僅地理博物之類而已。歷代史書目錄，雖多歸此為地理之類，但因雜記神話傳說，內容荒誕，可能出自古代巫祝方士之手，因此班固《漢書．藝文志》列為〈數術略．形法家〉之首，而不歸屬道家或神仙家。北周時曾視之為道論，列於諸子之後。至明胡應麟《少室山房筆叢》始稱之「古今語怪之祖」，清《四庫全書總目》亦改列「小說家」，稱之為「小說之最古者」。

三、山海經的性質

讀《山海經》，如果把它當作小說看，認為它是「古今語怪之祖」，那麼會覺得它是神話，雖怪誕卻有趣；如果把它當作地理之書，想要考定書中山川的明確位置，那麼考證起來，恐怕會處處碰到困難，真的難以解決。古人遠的不說，明、清以來，像王崇慶的《山海經釋義》、楊慎的《山海經補注》、吳任臣的《山海經廣注》、畢沅的《山海經新校正》、郝懿行的《山海經箋疏》，以及當代名家袁珂的《山海經校注》等等，雖然他們對全書用了很多心力工夫，成就也非常可觀，但有些問題仍然沒有解決。尤其是古今山川地名位置方面，難以確考，最後只好多闕其疑或想其當然耳。像吳承志的《山海經地理今釋》、衛挺生與徐聖謨合著的《山經地理圖考》、徐顯之的《山海經探源》，致力於此，其志可嘉，而其成果則猶有不足，尚待有志者做進一步之研討。

四、南山經

《山海經》卷一〈南山經〉首則如下：

南山之首，曰：「䧿山」。

其首曰：「招搖之山」。臨于西海之上，多桂，多金玉。有草焉，其狀如韭而青華，其名曰：「祝餘」，食之不飢。有木焉，其狀如穀（一作「榖」）而黑理，其華四照，其名曰：「迷穀」，佩之不迷。有獸焉，其狀如禺而白耳，伏行人走，其名曰：「狌狌」，食之善走。

麗𪊨之水出焉，而西流注于海。其中多「育沛」，佩之無瘕疾。

開宗明義，從《山海經》首章可以看到該書《山經》記敘各地不同事物的雛形。《山經》包括〈南山經〉、〈西山經〉、〈北山經〉、〈東山經〉及〈中山經〉，篇幅約佔全書一半有餘。

〈南山經〉記載南方三個不同系列的山脈，它們分別是䧿（同「鵲」）山、柜山、天虞山。䧿山是南山之首，這個山系的第一座山，叫「招搖山」。以下記載它的地理方位和著名產物。

說它「臨于西海之上」、「麗𪊨之水出焉，而西流注于海」，這樣的描述，原是地理著作的一般寫法，但這裡如此描寫䧿山的方位，卻是招搖恍惚的，令人難以確認。它既是南方的山系之一，卻面臨西海；麗𪊨（音「几」），水發源於此，卻又西流注入大海。這跟一般人東流入海的地理常識，是大相逕庭的。山名「招搖」，水名「麗𪊨」，事涉非經，於史無考，難怪有人要說《山海經》是神話之書了。

說它山上多桂樹，多金礦玉石，這原是博物方志的一般寫法，但《山海經》寫地方物產，通常包括植物、礦物和動物三大類。除了描寫它們的特產及奇形異狀之外，還會特別強調服用或佩戴它們之後，會有什麼功能和藥效。例如：這山上有一種祝餘草，形狀像韭菜，卻開青色的花，吃了它就不會飢餓；有一種迷穀樹，形狀像樹皮可以造紙的構樹，卻是黑色的紋理，它的花光芒四射，佩戴它就不會迷路；有一種狌狌（猩猩）的獸類，形狀像長尾猿，卻長白色的耳朵，匍匐前進，能像人走路一樣，吃了牠就會善於行走。山下麗𪊨水中，還出產一種「育沛」，袁珂《山海經校釋》說是動物，不知何據，但既然說「佩之無瘕疾」，佩戴了它就不會肚子脹氣，想必是花卉玉貝之類。每一種特產，都附帶說明它的功能藥效，難怪魯迅《中國小說史略》要說《山海經》是「古之巫書」了。

〈南山經〉的誰山系列，居南山之首，自招搖山至箕尾山，共十座山，首尾相隔二千九百五十里。柜山系列，居南次二，自柜山至漆吳山，共十七座山，七千二百里。天虞山系列，居南次三，自天虞山至南禺山，共十四座山，六千五百三十里。

每個山系，各有不同的山神形狀，也各有不同的祭祀方式。誰山山神「狀皆鳥身而龍首」，身體像鳥，頭部像龍；柜山山神恰好相反，「狀皆龍身而鳥首」，身體像龍，頭部像鳥；天虞山神則「皆龍身而人面」，身體像龍，臉部卻像人。祭祀祂們時，對誰山山神是用毛物祭牲和一塊玉璋埋在土裡，精米是稻米，而且要準備一種玉璧、稻米和白茅陳列在神席前；對柜山山神是用毛物祭牲和一塊璧埋進土裡，精米用稻米；對天虞山神則是殺一隻白狗來釁鐘祈禱，精米用稻米。

這樣看來，說《山海經》可能出自古代巫祝或方士之手，是有道理的。

五、奇禽怪獸

《山海經》記載的殊方異國、山川景物，很多是常人聞所未聞的，甚至超乎人們的理解和想像。例如卷一〈南山經〉的誰山系列裡，招搖山之東一千七百里外的「亶爰之山」，說它「多水，無草木，不可以上」，高峻而深，草木不生，無法攀登。這本無甚稀奇可言，但它底下的記載卻令人嘖嘖稱奇：

有獸焉，其狀如貍而有髦，其名曰「類」。自為牝牡。食者不妒。

這種獸名為「類」的動物，牠的形狀像野貓，比狐狸略小，頭頸上有長毛。最特別的是牠身上具有雌雄兩種性器官，可以自行交配。吃了牠的肉，可以使人不嫉妒。

又如同卷天虞山系列裡，在天虞山之東一千里的地方，有一座丹穴山：

丹穴之山，其上多金玉。

丹水出焉，而南流注于渤海。有鳥焉，其狀如雞，五采而文，名曰鳳皇。首文曰德，翼文曰順，背文曰義，膺文曰仁，腹文曰信。是鳥也，飲食自然，自歌自舞。見則天下安寧。

說它盛產金石礦物，沒有提到什麼植物名稱，連結上文看，這地方大概也是草木不生。說它是丹水發源地，向南流，注入渤海，是標示它的地理位置。最特別的是，這山上有一種名為鳳凰的鳥。

牠的形狀像雞，身上有五種色彩斑斕的花紋。頭上的花紋叫做德，翅膀的花紋叫做順，背上的花紋叫做義，胸脯的花紋叫做仁，腹肚的花紋叫做信。以上說的，是這種鳥的形狀特徵。以下說的，是鳳凰鳥的本能效應。

這種鳥呀，飲食自然，沒有什麼特別。牠自己唱歌，自己跳舞，自得其樂。可是當牠出現時，就是天下太平、百姓安樂的時代。

鳳凰象徵太平氣象，書中常有反映。〈海外西經〉說：「此諸夭之野，鸞鳥自歌，鳳鳥自舞；鳳皇卵，民食之；甘露，民飲之。所欲自從也。百獸相遇群居。」〈海內經〉也說：「西南黑水之間，有都廣之野，后稷葬焉。爰有膏菽、膏稻、膏黍、膏稷。百穀自生，冬夏播琴

（郭璞注：猶播種）。鸞鳥自歌，鳳鳥自舞，靈壽（郭璞注：似竹，有枝節）實華，草木所聚。爰有百獸，相群爰處。此草也，冬夏不死。」百穀自生，物産豐足，鸞歌鳳舞，草木不枯。這不就是大家所嚮往的世外桃源、人間樂土？

〈南山經〉一共列舉了四十座山。這些山很難確指今在何處。有人（例如張春生《山海經研究》）以為大致在長江以南地區，如以《尚書．禹貢》較之，皆在荊州、揚州之內，如以《漢書．地理志》較之，則不出百蠻、百越的範圍。

六、山海經具叢編性質

《山海經》的〈中山經〉末尾有云：

禹曰：天下名山，經五千三百七十山，六萬四千五十六里，居地也。言其五藏，蓋其餘小者甚眾，不足記云。

天地之東西二萬八千里，南北二萬六千里。出水之山八千里；受水者八千里；出銅之山四百六十七；出鐵之山三千六百九十。此天地之所分壤樹穀也，戈矛之所發也，刀鎩之所起也。能者有餘，拙者不足。封於泰、禪於梁氏七十二家。得失之數，皆在此內，是為國用。

這一段話與《管子・地數篇》、《呂氏春秋・當染篇》、《淮南子・地形訓》等，文句多有重見者，孰先孰後，有待考定。

同樣的情況，〈海外南經〉前面亦有一段文字：

地之所載，六合之間，四海之內，照之以日月，經之以星辰，紀之以四時，要之以太歲，神靈所生，其物異形，或夭或壽。唯聖人能通其道。

這一段話和《列子・湯問篇》、《淮南子・墜形訓》等，也多相同重見，孰先孰後，也一樣有待考定。

《管子》、《呂氏春秋》、《淮南子》、《列子》等書，與《山海經》一樣，都非出於一時一人之手。余嘉錫《古書通例》曾說：古書多經後人整理過，附益增飾的地方不少，因而具有叢編的性質。旨哉斯言！

七、海經的排序

《山海經》的海外經，從第六卷起，依次是海外南經、海外西經、海外北經、海外東經；海內經從第十卷起，依次是海內南經、海內西經、海內北經、海內東經。明顯可以看出來，方位的順序，都是由南而西、由北而東的。這跟第十四卷至第十七卷的大荒經，依東、南、西、北的排列順序，並不相同。這應該是有意的安排，只是不知道與古代傳說中，黃帝統攝東北、炎帝統攝西南，有沒有關係。

八、刑天與夸父

〈海外西經〉：

刑天與帝爭神。帝斷其首，葬之常羊之山。乃以乳為目，以臍為口，操干戚以舞。

又，〈海外北經〉：

夸父與日逐走，入日。渴欲得飲，飲于河、渭。河、渭不足，北飲大澤。未至，道渴而死。棄其杖，化為鄧林。

陶淵明〈讀山海經〉云：「精衛銜微木，將以填滄海。形天舞干戚，猛志固長在。」形，一作「刑」。天，顛也，指人的頭部。刑天，就是砍了頭的意思。天，一作「夭」，形夭，也就是形體殘缺夭折之意。《淮南子・墜形訓》刑天正作「形殘」。

刑天是炎帝的臣子。炎帝曾與黃帝戰於涿鹿之野，則刑天繼續與黃帝爭奪神權，自屬意料中事。結果刑天被砍了頭，埋葬在常羊之山。常羊之山，據〈大荒西經〉說，是在西南大荒的中隅，那也是炎帝神農氏出生的地方（見《太平御覽》卷七八引《帝王世紀》）。可是刑天仍然不服輸，雖然被砍了頭，卻以乳頭作眼睛，以肚臍作嘴巴，手持盾牌和斧頭來揮舞著，要繼續爭鬥。

夸父也是炎帝的後裔（見〈大荒北經〉及〈海內經〉）。夸父是巨人，不自量力，想跟太陽競走賽跑。他雖然趕上太陽，但被曬昏烤焦了，口渴想喝水。到黃河、渭水邊去喝，不夠，又想往北方去喝大瀚海的水。沒有到達目的地，途中就口乾而死了。死前他拋開他的手杖，竟然變成一片大桃花林（見〈中山經・中次六經〉）。據郭璞注，鄧林在「宏農湖縣閿鄉南谷中」，即今河南靈寶縣一帶。

九、黃帝與炎帝

《山海經》寫黃帝，凡八見，多寫他子孫的繁多，後裔的顯赫。很多天神，如鯀、禹、顓頊等，很多種族，如犬戎、北狄、苗族等，都是他的後代。除此之外，就是寫他和蚩尤以及夸父的戰爭。

〈山海經．大荒北經〉：「大荒之中，有係昆之山者，有共工之臺，射者不敢北鄉。有人衣青衣，名曰黃帝女魃。蚩尤作兵伐黃帝。黃帝乃令應龍攻之冀州之野。應龍畜水。蚩尤請風伯雨師，縱大風雨。黃帝乃下天女曰魃，雨止，遂殺蚩尤。」冀州之野，在今山西安邑一帶。

又：「應龍已殺蚩尤，又殺夸父。乃去南方處之，故南方多雨。」蚩尤和夸父都是炎帝的苗裔。

十、炎帝

炎帝和黃帝一樣，有很多子孫。其中祝融是火神，共工是水神，后土是土神，……但他們的身分大都有些奇怪。例如祝融這裡說是炎帝的苗裔，見〈山海經．海內經〉：「炎帝之妻，赤水之子聽訞生炎居，炎居生節並，節並生戲器，戲器生祝融。祝融降處於江水，生共工。……」但〈大荒西經〉卻說：「顓頊生老童，老童生祝融。」另外，〈大荒西經〉又云：「顓頊生老童，老童生重及黎」，不知祝融是否即重、黎？或有誤字，如果無誤，則顓頊是黃帝的後裔。

又〈海內經〉有云：「洪水滔天。鯀竊帝之息壤以堙洪水，不待帝命。帝令祝融殺鯀於羽郊，鯀復生禹。帝乃命禹卒布土以定九州。」這些記載中也有不少問題需要解決。帝，當指黃帝。鯀，據〈海內經〉云：「黃帝生駱明，駱明生白馬，白馬是為鯀」，則鯀是黃帝的裔孫，他盜息壤以堵洪水，只因不待帝命就被祝融殺於羽郊？「鯀復生禹」的「復」，據《楚辭．天問》：「鴟龜曳銜，鯀何聽焉……伯鯀腹禹，夫何以變化？」「復」作「腹」解，是說鯀從肚子裡又化生禹，……真是有不少問題啊！

炎帝除了有很多裔孫外，還有一些女兒也很著名。〈中山經．中次七經〉的：「姑媱之山。帝女死焉，其名曰女尸，化為䔄草……」，據說就是後來《高唐賦》中的瑤姬巫山神女，旦為朝雲，暮為行雨。不過，最有名的，還是溺死於東海的精衛鳥。見〈北山經．北次三經〉：

發鳩之山，其上多柘木。有鳥焉，其狀如烏，文首，白喙，赤足，名曰精衛。其名自詨。是炎帝之少女，名曰女娃。女娃游于東海，溺而不返，故為精衛。常銜西山之木石，以堙于東海。

發鳩之山，據郭璞注，是在上黨郡（今山西境內）。這裡產生的精衛鳥，形狀像烏鴉，頭有紋彩，白色的尖嘴，紅色的腳。牠的叫聲「精衛精衛」，就像牠的名字。相傳牠原是南方炎帝神農氏的小女兒，有一次到東海去遊玩，溺死水中，回不去了，所以就化為精衛鳥。時常口銜西山的小樹枝小石頭，想用來填塞到東海中。

這，是不是不自量力呢？

這是知其不可而為之！這種行為，雖然不自量力，有些可笑，但它充滿悲壯，有一股沛然莫之能禦的力量。這就是所謂的悲劇精神。

十一、炎黃子孫

中華民族皆自稱炎黃子孫，《國語．周語下》即云：「皆黃炎之後也。」黃指黃帝，炎指炎帝。據《國語．晉語四》云：「昔少典娶于有蟜氏，生黃帝、炎帝。黃帝以姬水成，炎帝以姜水成。成而異德，故黃帝為姬，炎帝為姜。」姬水、姜水，都是水名。「成而異德」的「成」，據韋昭注：「成，謂所生而成功也」，可知黃帝、炎帝雖然同是少典與有蟜氏結合所生，但一在姬水，一在姜水，生長的環境不同，所以他們後來的德性也有所不同。他們一直在抗衡爭勝，他們的後代也一直是。

《史記．高祖本紀》記載漢高祖劉邦初起兵，「祠黃帝，祭蚩尤於沛庭」，據《路史》說，蚩尤是炎帝的苗裔。或許在秦亡以前，黃帝和炎帝的影響力一直在爭衡抗勝之中。

十二、天圓地方的宇宙模式

張春生《山海經研究》（上海社會科學院出版社，二〇〇七年十月）論〈山海經中的宇宙模式〉結論是「天圓地方」。其中有云（以下摘要，非引原文）：

天是圓的。它以日月山上的天門、天樞為轉軸而旋轉不停。天上有日、月、木星等運行，四季路線不同。木星十二年繞天一周；太陽月亮一年會合十二次；天穹以二十八宿為背景，分為九部、十二辰；太陽升空由烏鴉運載。

宇宙並非一成不變，它經歷一個轉變的過程。日月山是大地的中心，上有一建木，乃黃帝所為，此即天軸，與北極星相對的天樞。〈大荒西經〉記有不「周山」而不合，《淮南子．天文》曰昔者共工與顓頊爭帝，怒觸不周山，天維絕，地柱折。故天傾西北，日月星辰移焉，地不滿東南，故水潦塵土歸焉。亦因此所謂「地中」，早已不在「正立無景（影）」的都廣之野了。此為山海經宇宙模式之第一次演變。」第二次演變，是將天與地分開。原來「四極」「四隅」（不周山即西北隅）各有高山可與天接（如〈海外西經〉之葆山、〈海內經〉之肇山），共八座，群巫可由此上下，共工怒觸不周山之後，天地遂分。《尚書．呂刑》：「絕地天通，罔有降格」，《淮南子．天文》：「天去地五億萬里。從此再也不能由建木或高山上下至於天了。」第三次宇宙模式的轉變，表現在對大地的平整。《海內經》所謂「鯀竊帝之息壤以堙洪水，不待帝命」者也。……

《山海經》宇宙模式的三次重大改變，與其說是仰賴黃帝、共工、重、黎、鯀、禹等祖先神力，不如說是依靠想像中的人類自身的力量。我以為這恰好是中國古代神話的魅力所在。

十三、山海經中的昆侖山

昆侖山是河水、洋水、黑水、弱水、青水和赤水的發源地，是《山海經》中一座重要的大山，但它的明確位置究竟在今何處，卻眾說紛紜。有人說它在今新疆帕米爾高原，有人說它即今甘肅祁連山，有人說是四川的岷山或西藏的岡底斯山，甚至有人說它即山東泰山。

張春生的《山海經研究》，贊同徐旭生《中國古史的傳說時代》附錄三〈讀山海經札記〉（文物出版社，一九八五年新一版）及鄧少琴〈山海經昆侖之丘應即青藏高原巴顏喀拉山〉（收入《山海經新探》，四川省社科院出版社，一九八六年）的意見，認為《史記．大宛列傳》曾說：「河出昆侖」，黃河發源於青海高原巴顏喀拉山，昆侖之丘自指青海巴顏喀拉山無疑。

十四、昆侖考

安京的《山海經新考》有〈昆侖考〉一篇，說昆侖「是一個內涵極為複雜的概念，或為族名，或為山名，或為丘名，或為台名，不一而足。」他說在《山海經》中，言及昆侖、昆侖虛、昆侖丘或昆侖山的，共有十六段文字，分別見於〈西山經〉三則、〈北山經〉一則、〈海外南經〉二則、〈海外北經〉一則、〈海內西經〉二則、〈海內北經〉四則、〈海內東經〉一則、〈大荒西經〉一則、〈大荒北經〉一則。大致可分五類：一、分別指今山西境內，二、河西走廊一帶，三、西域今新疆境內，四、南方「昆吾」，五、鄰近嚳、堯、舜、共工台。重點在前三類。安京以為：河西走廊之昆侖，是「帝之下都」，河水、赤水、洋水、黑水、弱水發源之地；從西王母與昆侖關係看，秦漢學者以為在今甘肅中、東部，實則在今青海湟源縣東南。「戰國時代人們所知的昆侖，其位置大致在今河西走廊一帶。」「但對照現實中河西走廊祁連山發源的各條水系，其走向又截然不同，如何解釋這一現象呢？」安京以為可能是「古人看地圖的方位不同，導致了錯誤的地理認識」。他說：

> 我們看到的蘇州「地理圖」、西安「華夷圖」、「禹跡圖」、「廣輿圖」等地圖，都是上北下南，但長沙馬王堆三號漢墓出土的「地形圖」、「駐軍圖」卻上南下北，元代陶宗儀《輟耕錄》中所附「河源圖」竟也是上南下北，其他著作中記西部地理方位也大多上南下北。《山海經》中的錯誤，很可能就是這樣產生的。……
>
> 當我們按相反的方位再看地圖，那麼昆侖山和各條水系的相對位置就變得合理了。

對於西域昆侖之說，安京以為是因張騫通西域後，帶回一種錯誤的觀念：把西域南山當作黃河的發源地，把塔里木河當作黃河的上游，西漢武帝竟然肯定了此一說法。

究而言之，安京以為：「昆侖」是外族語言。天，匈奴語「撐犁」，蒙古語「騰格里」，「祁連」即其音譯。故天山一稱祁連山。又，昆侖或即阿爾泰語「坤都侖」之音譯，「坤都侖」

意為「衡」即「橫」。祁連山脈東西走向，故稱為衡（橫）山。

至於中原昆侖，〈海內北經〉有氾林等地名，牽涉嚳、堯、舜、共工等所謂「帝台」者，皆在中原，而不在西域或河西走廊。安京考其地名，皆在陝、晉、豫交界之處，因而與之相鄰的昆侖，安京以為非華山莫屬。故稱「或古華山亦有昆侖之名」。

十五、山海經新考

安京《山海經新考》以為〈海經〉八篇內容主要來源有四：一、從《逸周書．王會篇》中「播民」演化而來的四方國與四方民；二、民間傳說中的諸神，如東方句芒、南方祝融、西方蓐收、北方禺彊；三、帝王世系；四、戰國至西漢初期的地理知識。

又，論《山海經》之性質有五：一、術士所用之相書；二、類似《禹貢》九州之地理書；三、難以稽考之小說；四、神話傳說；五、人文地理。宏一按，第三項不能成立。

安京又以為《山海經》的海外四經與《逸周書．王會篇》關係至為密切。此外，與《列子》的〈天瑞篇〉、〈黃帝篇〉、〈湯問篇〉，《楚辭》的〈離騷〉、〈九歌〉、〈天問〉、〈九章〉，《呂氏春秋》的〈古樂篇〉，《淮南子》的〈地形篇〉，等等，亦多可對照之處。例如海外南經前一段敘述文字，與《列子》、《淮南子》即若合符節。

不僅安京為《山海經》作新考證，日本學者松田稔的近著《山海經の比較的研究》（東京笠間書院，二〇〇六年）一書，亦將此書與《尚書》、《列子》、《呂氏春秋》、《淮南子》、《楚辭》等比勘校對，探其本源。這些都是研究的新方向。

【柒】

穆天子傳

#《穆天子傳》解題

《穆天子傳》凡六卷，是晉朝太康二年（西元二八一年），汲縣人不準盜挖魏襄王墓時，所得的一本古書。根據當時奉詔整理的荀勖等人的報告，原書是竹簡用素絲編成、墨寫的，每簡四十字。現在大家所能看到的，是荀勖等人以晉朝時的文字寫出來的。當時可能已有些地方無法辨認，只好闕疑。這裡選錄的，只是其中的一段。「西王母」的名稱，見於《山海經》，原是半人半獸的怪物，在本書中，則已變成西方的人君，地位似乎高過周穆王。

除了本書之外，描寫周穆王故事的，還有《列子．湯問篇》等文，可以參考。

【穆天子傳選】

周穆王見西王母

穆天子傳

吉日甲子，天子賓❶于西王母❷，乃執玄圭白璧❸以見西王母。好獻錦組百純❹，□❺組三百純，西王母再拜受之。

乙丑，天子觴西王母于瑤池之上❻。西王母為天子謠❼曰：「白雲在天，丘陖（陵）自出。道里悠遠，山川諫（間）之。將❽子無死，尚能復來。」

天子答之曰：「予歸東土，和治諸夏❾。萬民平均，吾願見汝；比及❿三年，將復而⓫野。」

西王母又為天子吟曰：「徂⓬彼西土，爰居其野。虎豹為群，於（烏）鵲與處。嘉命不遷⓭，我惟帝女；彼何世民，又將去子？吹笙鼓簧⓮，中心翱翔⓯。世民之子，惟天之望。」

天子遂驅升于弇山⓰，乃紀丌（其）跡于弇山之石，而樹之槐⓱，眉⓲曰西王母之山。

【注釋】

❶賓：這裡當動詞用，作客的意思。
❷西王母：古代神話傳說中的人物，在《山海經》中，是半人半獸的怪物；在《穆天子傳》，是西土的人君；到了漢朝以後，卻變成了風華絕代的仙人。
❸圭：上圓下方的瑞玉。璧：圓孔和邊緣都三寸寬的圓形瑞玉。
❹好獻：獻上以結恩好。錦組：彩色的絲絛。純：布匹量詞。絲錦布吊等物，一段叫一純。
❺□表示缺字。下同。
❻觴：一種酒器，這裡當動詞用，宴飲的意思。瑤池：仙池，相傳在崑崙山，本文卻像是說在弇山（崦嵫山）的附近。
❼謠：徒歌，沒有樂器伴奏的清唱。
❽將：希望。
❾諸夏：指中國。
❿比及：等到。
⓫而：爾，你。
⓬徂：往。
⓭嘉命不遷：是說秉持天父的善命，謹守此土，不曾遷移。
⓮笙：樂器名。簧：笙裡的薄葉。
⓯中心：內心。翱翔：一作「翔翔」，形容心神不寧的樣子。
⓰驅升：驅車而上。弇山：即崦嵫山，相傳是太陽沉落的地方。
⓱樹之槐：是說在刻石的地方，種了槐樹，以為標誌。

⑱眉：題額，題字於上。

【語譯】

甲子這一天是好日子，周穆王以賓客身分會見西王母，他手裡拿著玄圭、白璧，來見西王母。同時為了表示友好，又用錦組百純，□組三百純作為禮物，西王母再拜接受了這些禮物。

第二天乙丑，天子請西王母在瑤池之上舉行宴會。西王母為天子清唱下面的歌：

白雲長在天空，
丘陵自然形成。
道路悠長遙遠，
山川隔開我們。
祝你長生不老，
還能再度來臨。

天子也回答了一首歌：

等我回到東方國土，
要協和安定各民族。
使天下人平等安樂，
我再回來和你相處；
我想等到三年之後，
就會回到你的疆土。

西王母又為天子唱著：

我到西方國土，
住在這個原野。
同群的是虎豹，
同住的是烏鵲。
秉父命不遷移，
我是神的兒女；
那些世上的人，

又要離你而去？
吹著笙鼓著簧，
內心不免彷徨。
世上的人子呀，
上天為你瞻望！

天子就驅車上了弇山，在弇山的石頭上刻記西王母的行跡，種上槐樹，名之曰西王母之山。

析論

這一篇神話傳說，選自《穆天子傳》卷三。《穆天子傳》是晉太康二年，汲縣人不準盜挖魏襄王墓時所發現的，共六卷，記敘周穆王西遊，見西王母的故事。據推測，應是戰國時人所撰。它雖是歷史傳說，但也含有神話的成分。神話與傳說，在理論上，雖然可以分開說明，但實際上，二者往往混淆難分。

周穆王，一作「周繆王」，是周昭王的兒子。在歷史傳說中，他駕八駿以巡行天下的故事，見於好幾種古籍之中。《穆天子傳》中最精彩的部分，就是描寫周穆王賓於西王母，和西王母賦詩交歡的這一段文字。

《山海經．西次三經》說：「西王母其狀如人，豹尾虎齒而善嘯，蓬髮戴勝，是司天之厲及五殘。」西王母最初的形狀，就是這種半人半獸的怪相。在本文裡，西王母說「虎豹為群，於（烏）鵲與處」，就還保存了最初那種穴居野處的本質，和「豹尾虎齒」的痕跡。

從選錄的這段文字看來，周穆王西巡謁見西王母，似乎是帶著朝聖的心情。圭璧錦組，是周穆王的見面禮；而宴飲酬唱之後，周穆王又驅車上了弇山，銘石以紀西王母之跡，處處流露出他對西王母的嚮往傾慕之情。

西王母首先唱的謠辭中，「白雲在天，丘陵自出」二句，形容雲天無窮，山川遮眼，正用來形容道路的悠遠和山河的間阻。「將子無死，尚能復來」，是西王母的期盼，「比及三年，將復而野」，則是周穆王答辭中的主要內容。西王母第二次吟的謠中，流露出依依不捨之情。「嘉命不遷」，說明她不能離開西土，而跟周穆王同遊；「我惟帝女」，表明她的身分；「吹笙鼓簧」一句，寫臨別時音樂的助人淒咽。像這些地方，應該多少會讓讀者興起幽渺無窮的遐思。

【捌】

先秦寓言

先秦寓言解題

推尋中國舊小說起源的人，往往會注意到先秦的神話傳說和寓言故事。先秦的神話傳說，像《山海經》、《穆天子傳》等等，雖然只是一些片斷的描寫，我們從中仍然可以想像到先民的思想與生活；先秦的寓言，像史傳、諸子書中的一些記載，雖然篇幅不長，多為說明道理而設，但其中所洋溢的文學情趣，卻仍然令讀者百讀不厭。

寓言，又叫「偶言」或「隱言」。一般說來，它具備兩個要素：一是故事情節，二是比喻寄託。故事情節，是為了使所說的道理更具體，更明白；比喻寄託，則是作者說這些故事情節的用意所在。

先秦的寓言，《晏子春秋》、《墨子》、《孟子》、《莊子》、《列子》、《韓非子》、《呂氏春秋》、《戰國策》和《禮記》等書著錄的很多，有的藉歷史故事、民間傳說，有的藉虛擬的自然現象，來詮釋宇宙人生的道理和政治教化的理想，對讀者頗具說服力和感染力，蔚為先秦文學的一支生力軍。

朱清華的《先秦寓言選釋》、陳蒲清的《中國古代寓言史》等書，都可供讀者參考。

先秦寓言選

孟子疏解經卷第一

古棻雜荇子卷之一

韓非子卷第一

禮記卷第一

戰國策序

護左都水使者光祿大夫臣向言所校中

書中書餘卷佚錯亂相揉莒文有闕固別者八篇

齊人有一妻一妾

孟子

齊人有一妻一妾而處室❶者，其良人❷出，則必饜酒肉而後反❸，其妻問所與飲食者，則盡富貴也。其妻告其妾曰：「良人出，則必饜酒肉而後反；問其與飲食者，盡富貴也，而未嘗有顯者❹來，吾將瞯良人之所之也❺。」蚤起❻，施❼從良人之所之，徧國中❽無與立談者。卒之東郭墦間之祭者❾，乞其餘，不足，又顧而之他，此其為饜足之道也。

其妻歸，告其妾曰：「良人者，所仰望而終身也，今若此！」與其妾訕❿其良人，而相⓫泣於中庭，而良人未之知也，施施⓬從外來，驕其妻妾。

由君子觀之，則人之所以求富貴利達⓭者，其妻妾不羞也，而不相泣者，幾希⓮矣！

【注釋】

❶ 處室：是說居家過日子，很少外出。

❷ 良人：丈夫。
❸ 饜（音「驗」）：吃飽。必饜酒肉而後反：一定吃飽了酒肉，然後才回家。
❹ 顯者：有地位有聲望的人。
❺ 瞷（音「建」）：窺視。所之：所往。
❻ 蚤起：早起。
❼ 施：與「迤」（音「宜」）通，斜行。跟蹤在人家後面，怕被發覺，所以不能直走。
❽ 徧國中：整個都城中。
❾ 墦（音「凡」）：墳。此句是說：最後走到東面外城的墳地有祭墓的地方。有人把此下數句的「之」字，都解釋為「往」，所以在「東郭墦間」下，也斷成一句。
❿ 訕（音「善」）：嘲罵。
⓫ 相：相與，共同。
⓬ 施施：猶言「翩翩」，喜悅的樣子。
⓭ 利達：升官發財。
⓮ 幾希：很少。

【語譯】

齊國有一個人，他的一妻一妾深居室家中。那做丈夫的出門，一定吃飽了酒肉，然後才回來。他的妻子問起跟他一起吃喝的是哪些人，則全都是有錢有勢的人物。他的妻子告訴他的侍妾說：「丈夫外出，就一定要喝醉吃飽，然後才回來，問他一起吃喝的人，全是有錢有勢的人物，可是從來沒有顯貴的人來過家裡，我準備偷偷地去看他所去的地方。」

清晨早起，暗中跟隨丈夫到所去的地方。整座城裡，沒有人同她丈夫站著說過話。最後走到東邊外城墓地上有祭者的地方，乞討一些剩餘的食物，不夠，又回頭去別處乞討，這就是他喝醉吃飽的方法。

他的妻子回家，告訴他的侍妾說：「做丈夫的，是我們所仰賴盼望終身倚靠的人，現在竟然這個樣子！」和他的侍妾譏嘲她們的丈夫，而且相與哭於庭中，但是丈夫還不知道這件事，高高興興地從外面回來，對他的妻妾吹牛。

從正人君子的觀點來看這件事，那麼這樣的人用來追求有錢有勢、發財升官的方法，他的妻妾不感到羞恥，而且不相與哭泣的，恐怕是很少吧！

析論

這段文字選自《孟子．離婁篇下》。作者描寫一位沒有羞恥之心的齊國人，藉他的故事來說明「何必言利」的道理。篇中齊人的誇口自得，寡廉鮮恥，和妻妾的懷疑、跟蹤、羞愧、哭罵，成為一個強烈的對比。有人認為這是中國最早的一篇短篇小說，後來明代劇作家把它改編成《東郭記》，清代小說家蒲松齡把它改編成《東郭簫鼓兒詞》，可以想見它在後來文人心目中的地位。

現代的讀者或許有人會問：這位齊人生活這麼窮苦，為什麼還能有一妻一妾？這是因為古今社會環境不同，觀念也不同的緣故。

鵷鶵與鴟

莊子

惠子相❶梁，莊子往見之。

或謂惠子曰：「莊子來，欲代子相。」

於是惠子恐，搜於國中，三日三夜。莊子往見之，曰：「南方有鳥，其名鵷鶵❷，子知之乎？夫鵷鶵，發❸於南海，而飛於北海；非梧桐不止❹，非練實❺不食，非醴泉❻不飲。於是鴟得腐鼠❼，鵷鶵過之，仰而視之曰：嚇❽！今子欲以子之梁國而嚇我邪？」

【注釋】

❶ 惠子：惠施。相：這裡指做宰相。下文「欲代子相」的「相」同。
❷ 鵷鶵：鳳類的鳥。
❸ 發：出發。
❹ 止：停止，這裡指棲息。相傳鳳凰一類的鳥，只棲息在梧桐樹上。
❺ 練實：竹實（成玄英說）。

❻ 醴：一種甜酒。醴泉：甜美的泉水。
❼ 於是：在這時候。鴟：鷂鷹。
❽ 嚇：發怒聲。

【語譯】

惠子在魏國為相，莊子去看他。

有人告訴惠子說：「莊子來，準備代替你做相國。」

因此惠子害怕，在國（都）中搜捕了三天三夜。莊子去看他，說：「南方有一種鳥，牠的名字叫鵷鶵，你知道牠嗎？這鵷鶵從南海出發，要飛到北海去；不是梧桐樹不棲息，不是竹實不吃，不是甘泉不喝。在這時候，鴟鳥抓到了死掉的臭老鼠，看見鵷鶵飛過牠身旁，就抬頭來看著牠說：嚇！現在你也想以你的魏國職位，來嚇我一聲嗎？」

析論

參閱下文〈運斤成風〉析論部分。

材與不材之間

莊子

莊子行於山中，見大木枝葉盛茂，伐木者止其旁而不取也。問其故，曰：「無所可用。」莊子曰：「此木以不材得終其天年❶。」

夫子出於山，舍❷於故人之家。故人喜，命豎子殺鴈而烹之❸。豎子請曰：「其一能鳴，其一不能鳴，請奚殺❹？」主人曰：「殺不能鳴者。」

明日，弟子問於莊子曰：「昨日山中之木，以不材得終其天年；今主人之鴈，以不材死；先生將何處❺？」

莊子笑曰：「周將處乎材與不材之間。材與不材之間❻，似之而非也，故未免乎累。若夫乘道德而浮遊則不然❼。無譽無訾❽，一龍一蛇❾，與時俱化，而無肯專為❿；一上一下⓫，以和為量，浮游乎萬物之祖⓬；物物而不物於物⓭，則胡可得而累邪？此神農、黃帝之法則也。若夫萬物之情，人倫之傳，則不然。合則離，成則毀，廉則挫，尊則議⓮，有為則虧，賢則謀⓯，不肖則欺，胡可得而必乎哉！悲夫！弟子志之，其唯道德之鄉乎！」

【注釋】

❶終其天年：享盡天所賦與的壽命。

❷舍：住宿。

❸豎子：指童僕。鴈：家畜的一種，前人說就是鵝。烹：烹煮。一說，烹原作「亨」，招待的意思。

❹奚殺：殺哪一隻。奚：何。

❺將何處：準備如何安頓自己。一說，將如何處世。

❻材與不材之間：此句應該不是說處於二者之間，而是說該材則材，該不材則不材，順時而變化。一本無此句。

❼乘：順應的意思。道德：這裡指道家的最高原理。浮遊：遨遊。

❽訾：毀，批評。

❾一龍一蛇：是說有時像龍，有時像蛇。成玄英解「龍」為「出」，解「蛇」為「處」。

❿專為：偏執一物的意思。

⓫俞樾以為「一上一下」應作「一下一上」，才能跟「以和為量」協韻。

⓬萬物之祖：猶言萬物之先。

⓭物物而不物於物：是說把物當成物，卻不被物當作物。

⓮廉則挫，尊則議：是說過於清廉，就容易遭遇挫折；過於尊貴，就容易招來非議。一說，議讀為「俄」，傾斜的意思。

⓯賢則謀：是說賢能的人，容易被人算計。

【語譯】

莊子經過山中，看見大樹枝葉非常繁茂，可是砍樹的人休息在樹旁，卻不動手去砍。莊子問他們什麼緣故，砍樹的人回答：「沒有地方用到它。」莊子於是說：「這大樹因為沒有用處，才能夠保全它的天年。」

莊子從山中出來，住在一個老朋友的家裡。老朋友高興，叫童僕殺鵝，烹煮了來請客。童僕請示主人說：「其中一隻會叫，另外一隻不會叫，請問殺哪一隻？」主人說：「殺不會叫的那一隻。」

第二天，弟子向莊子請教說：「昨天山中的樹木，因為沒用才能保全它的天年；現在主人的鵝，卻因為沒用被殺了。先生將要如何處理呢？」

莊子笑道：「我莊周將要處於材與不材之間。處於材與不材之間，好像是對了，其實還是錯的，所以還是不能免於物累。假使能夠順應道德而浮遊於世，就不一樣了。沒有榮譽感，沒有羞恥心，像一龍一蛇一樣，順著時機一起變化，卻不肯偏執；能夠一上一下，以中和為節度，遨遊於萬物之先；控制外物卻不被外物所牽制，那麼，怎麼會受外物牽累呢？這就是神農、黃帝處世的方法了。至於萬物之情和人倫之理，就不是這個樣子。有合就有離，有成就有敗，清廉就受挫折，尊貴就受批評，有作為就被虧損，賢能就被算計，不成材就被欺負，哪裡一定能怎麼樣呢！可悲啊！學生們記住它，（要免於物累，）只有歸向道德而已吧！」

析論

「材與不材之間」，不宜解釋為「材」與「不材」中間的「中材」，而應指處於「材」或「不材」二者之間。

參閱下文〈運斤成風〉析論部分。

運斤成風

莊子

莊子送葬，過惠子之墓，顧謂從者曰：「郢人堊慢其鼻端❶，若蠅翼，使匠石斲之❷。匠石運斤成風❸，聽❹而斲之，盡堊而鼻不傷。郢人立不失容❺。宋元君❻聞之，召匠石曰：『嘗試為寡人為之。』匠石曰：『臣則嘗能斲之。雖然，臣之質❼死久矣。』自夫子❽之死也，吾無以為質矣，吾無與言之矣❾。」

【注釋】

❶ 郢：楚國的都城。郢人：就是楚人。堊：刷牆用的白土，這裡作動詞用。慢：同「漫」，塗抹。
❷ 匠：古代專指木匠。石：匠人的名字。斲：砍掉。
❸ 運：運動。斤：一種斧子。運斤成風：極言揮斧時的迅速威猛。
❹ 聽：順，從，有隨心所欲的意思。
❺ 失容：臉上變色，失去常態。
❻ 宋元君：就是宋元公。
❼ 質：本來是箭靶，這裡引申為對手、對象的意思。即指郢人。

❽ 夫子：指惠施。

❾ 吾無與言之矣：我就沒有人可以討論它了。之，指莊子的理論。

【語譯】

莊子送葬，經過惠子的墳墓，回頭告訴後面跟隨的弟子說：「郢地有個人，把石灰塗抹在他的鼻尖上，像蒼蠅的翼翅那麼薄，教匠石砍掉它。匠石揮動斧頭，挾著風，隨手就砍去了它，把石灰砍得乾乾淨淨，但是鼻子卻沒有傷害到。郢地的人站在那裡，面不改色。宋元君聽到這個消息，召來匠石說：『再試著對我做做看。』匠石說：『我是曾經能夠砍掉它的。不過，我的對手已經死了很久了。』自從這位惠子死了以後，我就沒有人可以當對手了，我就沒有人可以討論這種道理了。」

析論

莊子的這三則寓言，分別選自《莊子》的〈秋水〉、〈山木〉、〈徐无鬼〉等篇。《莊子》一書，不但是一部哲學著作，而且文學的成就也極高。書中應用很多寓言故事來闡述道理。由於思想的超逸，文辭的縱恣，想像的瀇漫，描寫的生動，有時候還使它的文采超過它的哲理，使它的文學價值超過它的哲學價值。

《史記》曾說莊子「著書十餘萬言，大抵率寓言也。」這些寓言量多質佳，在《莊子》一書中佔了很大的比重。像本系列《先秦諸子散文》所選的〈逍遙遊〉、〈養生主〉等篇，在說理的同時，寓言也起了很大的作用。甚至有些讀者，必須透過這些寓言故事，才能探測莊子的奧義妙理。

這裡所選的三則寓言，第一則「鵷鶵與鴟」，也有人題為「惠子相梁」，是寫莊子的鄙棄功名，認為不要「以得殉名」，也就說，不要因為追求世俗的名譽，而迷失了天然的本性。〈秋水篇〉中，除了這一則寓言之外，另外還有一段文字，說楚王派人來請莊子為相，莊子答以「吾將曳尾於塗中」，不肯前往，和本則寓言可以合看。

第二則寓言，莊子藉山木和鴈的故事，來說明處世應有的態度。「處乎材與不材之間」，並不是說處於材與不材的中間，做個中材的人，而是說該表現有材的時候，就要表現有材，該表現無材的時候，就要表現無材。

第三則「運斤成風」，寫莊子在惠子死了之後，就感到沒有對手的寂寞。沒有對手，就好像沒有朋友一樣，有時候會令人覺得生活索然無味。因為缺少切磋的機會，自己就不容易進步了。匠石運斤成風，恰好削去郢人鼻端的白堊，固然是不世見的絕技，但是沒有郢人「立不失容」的配合，也不容易見出匠石的絕技。匠石的絕技固然重要，助手郢人的搭配也很重要；換成其他的人，當匠石的斧頭揮來的時候，不失色動容的人恐怕不多，甚至拔腿就跑呢！「臣之質死久矣」、「自夫子之死也，吾無以為質矣」，從這些話中，我們讀到了莊子的寂寞，也讀到了千古才士高人的寂寞。

南郭處士吹竽

韓非子

齊宣王使人吹竽❶，必三百人。南郭處士❷請為王吹竽，宣王說❸之。廩食以數百人❹。宣王死，湣王❺立，好一一聽之，處士逃。

一曰：韓昭侯❻曰：「吹竽者眾，吾無以知其善者。」田嚴❼對曰：「一一而聽之。」

【注釋】

❶ 齊宣王：戰國時齊威王的兒子，名辟疆。竽（音「魚」）：一種竹製的樂器，像現在的笙，有三十六簧。

❷ 南郭：外城南邊。一說，複姓。這個人姓南郭。處士：指沒有官職的人。

❸ 說（音「月」）：同「悅」，高興。

❹ 廩食：公家發給的糧食，指薪俸。以：依，按照。廩食以數百人：公家按照其餘數百人的待遇發給他薪俸。此句也有人作屬下讀，解「以」為「已」，這樣可與韓昭侯之言呼應。

❺ 湣王：齊宣王的兒子，名地，在位四十年。

❻ 韓昭侯：戰國時韓懿侯的兒子，在位二十六年。用申不害為相，實行法術。

❼田嚴：事蹟無考，應是韓昭侯的臣子。

【語譯】

齊宣王叫人吹竽的時候，一定要三百個人一起吹奏。住在南面外城的一位平民，請求為王吹竽，宣王為此很高興。公家發給他薪俸，比照其他幾百人的待遇。宣王死了，湣王即位，喜歡一個一個的聽，這位平民就逃走了。

另外一種說法：韓昭侯說：「吹竽的人太多了，我無從知道哪些人吹得好。」田嚴答道：「一個一個來聽他們吹。」

析論

參閱下文〈三蝨相訟〉析論部分。

畫鬼最易

韓非子

客有為齊王畫者，齊王問曰：「畫孰❶最難者？」曰：「犬馬最難。」「孰最易者？」曰：「鬼魅最易。夫犬馬人所知也，旦暮罄于前❷，不可類之❸，故難。鬼魅，無形者，不罄于前，故易之也。」

【注釋】

❶ 孰：哪個。
❷ 旦暮罄于前：早晚都出現在眼前。
❸ 類：似，像。不可類之：不可能畫得很相似。

【語譯】

有個客人為齊王作畫，齊王問道：「畫什麼東西最困難？」答道：「畫狗和馬最困難。」「畫什麼東西最容易？」答道：「畫鬼怪最容易。因為那狗、馬是人人都知道的，從早到晚總是出現在眼前，不可能畫得完全相似，所以困難。鬼怪是沒有形狀的東西，不會顯現在眼前，所以容易畫它。」

析論

參閱下文〈三蝨相訟〉析論部分。

三蝨相訟

韓非子

三蝨相與訟❶，一蝨過之，曰：「訟者奚說❷？」三蝨曰：「爭肥饒之地。」一蝨曰：「若亦不患臘之至而茅之燥耳❸，若又奚患？」於是乃相與聚嘬其母而食之❹。

彘臞❺，人乃弗殺。

【注釋】

❶蝨（音「失」）：一種附在哺乳動物身上的寄生蟲。訟：爭論是非。

❷奚說：何說，有什麼說辭。

❸若：你，你們。患：擔心。臘：祭祀的名稱，在冬至後第三個戌日。茅之燥：是說燒著茅草來烤。此句是說：臘祭時，豬就會被人殺掉，蝨子也就無從寄生了。

❹嘬：聚食，吸食。母：有人以為蝨是從彘上生出來的，所以稱彘為母。一說，母：應作「血」。彘（音「治」）：豬。

❺臞（音「渠」）：同「癯」，瘦的意思。

【語譯】

寄生在豬身上的三隻蝨子，彼此在爭吵著，另外一隻蝨子經過，問道：「你們爭吵的是說些什麼？」三隻蝨子說：「在爭肥美的部位。」另外的那隻蝨子說：「你們不擔心臘祭的到來以及茅草的燒烤，你們又擔心什麼呢？」於是蝨子才彼此聯合起來，一起吸食豬身上的血。

豬瘦了，人也才沒有殺掉豬。

析論

韓非的這三則寓言，分別選自《韓非子》的〈內儲說上〉、〈外儲說左上〉、〈說林下〉。

《韓非子》一書，寓言很多，〈內儲說上〉、〈內儲說下〉、〈外儲說左上〉、〈外儲說左下〉、〈外儲說右上〉、〈外儲說右下〉及〈說林上〉、〈說林下〉等篇，所收錄的寓言故事，就有兩三百則之多。

韓非藉這些寓言來宣傳他的政治主張。他洞達人情，勇於批評，喜歡採用歷史故事，立足於現實，這跟莊子的寓言，是有所不同的。尤其他把有關的寓言故事，匯聚在一起，使寓言本身有個宏偉的結構，也是值得讀者注意的。

這裡選錄的三則寓言，第一則寓言，寫南郭處士濫竽充數的故事。韓非把相關的兩則內容相近的故事排在一起，前則說齊宣王為南郭處士矇騙了，照其他吹竽樂工的待遇發給他薪俸，後來齊湣王不喜歡聽「交響樂」，喜歡聽「獨奏」，南郭處士眼看「混」不下去了，只好逃走；後則說韓昭侯聽了田嚴的建議，對吹竽的人「一一而聽之」，以區別好壞。這個寓言故事告訴我們明辨審問的重要。

第二則寓言，是說畫鬼容易，畫犬馬難。因為狗、馬都是大家日常生活裡時常見到的東西，要畫得維妙維肖，又要合乎大家的要求，幾乎不可能；至於鬼魅，大家都沒有見過，所以愛怎麼畫，就可以怎麼畫，因為誰也不能否定你所畫的。這告訴我們真理往往被人挑剔，而假話卻沒有人肯去駁斥它。

第三則寓言，是擬人化的自然界的寓言故事，這在《莊子》書中常見，在《韓非子》則較少見。這個故事告訴我們同心協力的重要。只是韓非從反面來寫，多少是告訴我們小人容易朋比為奸，為害他人。

苛政猛於虎

禮記

孔子過泰山側，有婦人哭於墓者❶而哀。夫子式❷而聽之，使子路❸問之曰：「子之哭也，壹似重有憂者❹？」而曰❺：「然。昔者，吾舅❻死於虎，吾夫又死焉❼，今吾子又死焉。」夫子曰：「何為不去也？」曰：「無苛政❽。」夫子曰：「小子識之❾，苛政猛於虎也。」

【注釋】

❶ 有婦人哭於墓者：有一位在墓前哭的婦人。
❷ 式：同「軾」，車前橫木，這裡作動詞用。古人乘車，遇見有事，即俯身扶軾。
❸ 子路：孔子弟子，字仲由。一說，應作子貢。
❹ 壹：實在，的確。重：重疊，重複。
❺ 而曰：等於「乃曰」，是說哭完了才回答。
❻ 舅：此指丈夫的父親。
❼ 焉：「此」的意思，等於說「於虎」。下句同。

❽ 苛政：暴政。一說，政：通「征」，指賦稅和徭役。
❾ 小子：古時老師對學生的稱呼。識：誌，記住。

【語譯】

孔子路過泰山旁邊，有一位婦人在墓前哭著，非常傷心。夫子在車上俯身扶軾，聽著她的哭聲，派子路去問她說：「妳這樣的哭聲，完全像是一再有傷心事的樣子。」她哭完才回答說：「是的，以前我的公公死於虎口，我的丈夫又死於此，如今我的兒子又死於此。」夫子說：「為什麼不離開呢？」她說：「這兒沒有暴政。」夫子於是說：「弟子們記住這句話，暴政比老虎厲害啊。」

析論

這段文字選自《禮記．檀弓篇下》。寫孔子藉泰山之側一個哭墓婦人的話，來告訴學生「苛政猛於虎」的道理。

這個婦人的公公、丈夫、兒子都死於虎口，對她來說，她早該搬離此地才對，可是她卻因這裡沒有「苛政」，甘心繼續逗留下來。這件事是值得執政當官的人深思的。

魏文侯與虞人期獵

戰國策

文侯與虞人期獵❶。是日，飲酒樂，天雨。文侯將出，左右曰：「今日飲酒樂，天又雨，公將焉之❷？」文侯曰：「吾與虞人期獵，雖樂，豈可不一會期哉！」乃往，身自罷❸之。

魏於是乎始強。

【注釋】

❶ 文侯：魏桓子駒的孫子，名都，一名斯，是三晉初期最賢明的君主。虞人：掌管山澤苑囿的官。期獵：約定日期打獵。

❷ 公：國人對君主的尊稱。焉之：何往。

❸ 罷：取消的意思。

【語譯】

魏文侯和虞人約定日期去打獵。

到了這天，魏文侯飲酒很快樂，天又下著雨。魏文侯準備出去，左右的臣子說：「今天飲酒很快樂，天又下雨，公預備到哪裡去？」文侯說：「我曾和虞人約好去打獵，飲酒雖然快樂，怎能不去和他一會呢！」便去會見虞人，親自取消打獵的事。

魏國從此就逐漸強盛了。

析論

這篇文章選自《戰國策．魏策》，記魏文侯一個守信的故事。

魏文侯是一國之君，虞人是替他掌管山林苑囿的官員。古代君王在山澤苑囿打獵的時候，虞人通常是陪侍在旁的。

文章開頭說，魏文侯已經跟虞人約定去打獵的日期。可是到了這一天，一則是和左右侍臣飲宴正酣，一則是天正下雨，所以大家都勸他不必去了。因為打獵固然是樂事，但現在飲宴正酣，樂趣恐怕不在打獵之下；更何況天正下雨，去了也不便打獵，等於白去一趟。

一般說來，對上級、長輩或同輩朋友遵守諾言，比較容易，因為除了尊重之外，還有所顧忌；但對於自己的下屬、晚輩，就往往容易輕於改變信約，而不以為意。魏文侯能夠依約趕去約定的地點，親自取消打獵的約會，實在是難能可貴，不愧是一位賢明的君王。

末句是說，魏國的趨於強大，和魏文侯的守信大有關係。這也是作者對魏文侯的正面肯定。

宋康王反祥爲禍

戰國策

宋康王❶之時，有雀生䳈於城之陬❷。使史❸占之。曰：「小而生巨，必霸天下。」康王大喜。於是滅滕伐薛❹，取淮北之地，乃愈自信。欲霸之亟成❺，故射天笞地，斬社稷❻而焚滅之，曰：「威服天下鬼神。」罵國老❼諫；曰為無顏之冠以示勇❽。剖傴❾之背，鍥朝涉之脛❿；而國人大駭。齊聞而伐之，民散，城不守；王乃逃倪侯之館⓫，遂得而死⓬。見祥而不為，祥反為禍。

【注釋】

❶宋康王：名偃，宋辟公的兒子，剔成的弟弟。擊敗剔成而自立為君，稱王圖霸，後來被齊、楚、魏合力伐滅，在位四十七年。

❷雀：麻雀。䳈：疑即鶀（音「旗」），小雁，一說貓頭鷹。城：指宋國都城，今河南商丘。陬（音「鄒」）：角落。

❸史：太史，官名，能辨吉凶禍福的事情。

❹滕：周文王的兒子叔繡的封國，在今山東滕縣東南。薛：古國名，戰國時歸入齊國，封給孟嘗君的父親田嬰，即今山東滕縣東南的薛城。
❺霸：霸業。亟：急，快。
❻社稷：國君祭祀的土神和穀神，這裡是指牌位。
❼國老：退隱的國家元老。
❽曰：語首助詞。顏：額，眉目之間。無顏之冠：是說冠帽不齊前額，只戴在後腦上，表示目空一切。
❾傴（音「宇」）：駝背。
❿鍥：砍斷。朝涉：指早晨涉水不怕冷的人。脛：小腿。
⓫倪：同「郳」，也叫小邾。古國名，地在今山東滕縣東，戰國時被楚國消滅。倪侯：小邾的國君。館：客舍。
⓬得：俘獲。

【語譯】

宋康王的時候，有小麻雀生下大鸇鳥在宋國都城的城角。宋康王便叫太史為此占卦問吉凶。太史說：「小的卻生下大的，必然稱霸天下。」康王聽了十分歡喜，於是滅掉滕國，攻打薛城，佔領淮水以北的地方，更加自信。想使霸業能夠快點完成，所以用箭射天，用竹鞭地，斬毀社稷的神位，而且用火燒掉它，說：「要用威力降服天下的鬼神！」責罵來進諫的國家元老；戴上一種不覆前額的冠帽，來表示勇武。劈開駝子的背，斬斷早晨過河人的小腿（想看看裡面的樣子）；因而國人大大驚亂起來。

齊國聽見這種情形，便出兵來攻打，宋國的人民都逃散不願抵擋，城池也不固守；宋王於是只好逃往倪侯的館舍，就在那裡被齊國俘獲殺死。這真是見著好預兆而不行善，使好預兆反而變成災禍了。

析論

這一篇選自《戰國策．宋策》。宋是公爵子姓國，周成王封給商紂的庶兄微子啓，在今河南商丘。戰國時，宋辟公的兒子偃，自立為君，是為宋康王。這一篇文章，就是敘述宋康王暴虐無道，反祥為禍的故事。

古人特重迷信，看到宇宙間一些怪異少見的現象，往往視為某種徵兆，而藉以附會人事。因此，宋康王之時，在都城牆角發現了小雀生大鸇，就教太史為它占卜吉凶。當他知道這是主霸天下的好預兆之後，他就信以為真，開始妄作非為起來。從「於是滅滕伐薛」以下，就是敘寫他妄作非為、倒行逆施的一些事情。

首先，他不知敦睦近鄰之道，滅滕伐薛，奄有淮北之地，自鳴得意，卻不知道這已引起齊、楚等強國的注意。其次，他蔑視天地鬼神，相傳他用革囊盛著牛血，懸於高竿之上，用箭射穿革囊，讓牛血漫天而下，稱之為射天得勝，又用竹杖鞭打土地，顯示自己的威武。甚至砍斷社稷神位，放火燒掉。對國內臣民來說，他斥罵那些來諍諫的國之大老，製造一種不能遮蓋前額、極不禮貌的冠帽，來顯示自己的威武；更荒謬的是，他剖開駝子的背部，想看看駝子因何而駝；切開早起涉水的人的小腿，想知道因何不怕寒冷。這種種殘無人道的暴行，自然要引起全國大恐慌了。也難怪當時諸侯各國稱他為桀宋，拿他和夏桀相比。

最後一段就是寫宋康王因為殘暴無道，倒行逆施，所以在全國驚亂之際，齊國乘機來襲，人民逃散，不肯固守城池，而宋康王自己也終於落得被俘的下場。倪侯之館，就是以前郳國國君住過的館舍，在今山東滕縣東。郳國在戰國時已為楚國所滅。上文說宋康王曾經「滅滕伐薛」，現在竟然也在滕地附近亡國之君的館舍裡，被敵軍俘虜，說來真是絕大的諷刺。根據資料，宋康王是被齊、楚、魏三國聯軍攻滅的，時間是周赧王十九年（西元前二八六年）

「見祥而不為，祥反為禍」，這是本文作者對此一事件的評語，也是警惕後人的良言。

中山君饗士

戰國策

中山君饗都士大夫❶，司馬子期❷在焉。羊羹不遍❸，司馬子期怒而走於楚，說楚王伐中山，中山君亡❹。

有二人挈戈而隨其後者，中山君顧謂二人：「子奚為者也？」二人對曰：「臣有父，嘗餓且死，君下壺飡餌之❺。臣父且死，曰：『中山有事，汝必死之❻！』故來死君也。」

中山君喟然而仰歎曰：「與，不期眾少，其於當厄❼；怨，不期深淺，其於傷心❽。吾以一杯羹亡國，以一壺飡得士二人！」

【注釋】

❶ 中山：戰國時代的一個諸侯國，姬姓，原稱鮮虞，是北方民族白狄的別支。夾在燕、趙、齊之間，土地雖小，武力卻一度很強盛。參閱王先謙〈解虞中山國事表〉。饗：宴請。都：首邑，首都。士大夫：有官職的人。

❷ 司馬子期：中山國的臣子。複姓司馬，名子期。

❸ 羊羹不遍：羊肉羹沒有普遍分到。

❹ 亡：逃走。

❺ 下：賜給。壺：一種口小肚大的容器。飧（音「孫」）：同「飱」，煮熟的飯菜。餌（音「耳」）：吃。

❻ 死之：為他犧牲生命。

❼ 與：結與，賞賜。不期眾少：不在乎多少。其於當厄：應該在他面臨困窘的時候多留意，以免他難堪。

❽ 此二句是說：怨恨的深淺，全看他傷心的程度而定；只要傷心，怨恨就深。

【語譯】

中山國君設宴款待都中的士大夫，司馬子期也在座中。分羊肉羹的時候，分量不夠，司馬子期沒有分到，便憤怒地跑到楚國去了，說動楚王來攻打中山，中山國君敗逃。有兩個人手提著戈戟跟在他後面，中山君回頭問他們兩人說：「你們是幹什麼的？」兩人回答說：「我們的父親曾經餓得快死了，國君您賜給他一壺煮熟的食物吃。因此我們的父親臨死時說：『中山國君如果有事變，你們一定要以死報效他！』所以特來替君效死的。」

中山國君很感慨地仰面歎息說：「賞賜，不在乎多少，卻要留意他是否面臨困窘；怨恨，不在於深淺，卻要看他是否傷了心。我為了一杯羊肉羹亡了國，卻為一壺熟食而得到兩個義士！」

析論

這一篇文章選自《戰國策．中山策》，記敘中山國國君以一杯羊羹亡國，以一壺飡得士二人的故事。

故事非常有趣，可以分為兩個部分。

第一部分，說的是「以一杯羹亡國」的經過。中山國國君宴請都中士大夫，司馬子期只因為分配不均，沒有吃到一杯羊羹，覺得受了莫大恥辱，因此就含怒跑到楚國，在楚國做了官，並且說動楚王出兵攻打中山國，以公報私仇。

第二部分，說的是「以一壺飡得士二人」的經過。中山君在逃亡前，有一次偶然的機會，把一壺熟食送給一個快要餓死的人吃，想不到這個人感激涕零，在臨死前告訴他的兩個兒子，萬一中山君有事，要以死相殉，以報答一飯之恩。因此中山君在逃亡途中，還有這兩個拿著武器的士人跟隨著保護他。第二部分的故事，用倒敘的方式來寫，使文章不致流於平鋪直敘，是常見卻很好的一種表現技巧。

「與，不期眾少，其於當厄；怨，不期深淺，其於傷心。」中山君的這番感慨，值得我們深思。

先秦文學導讀 4

先秦神話寓言

編著：吳宏一
責任編輯：曾淑正
內頁設計：Zero
封面設計：丘銳致
企劃：葉玫玉

發行人：王榮文
出版發行：遠流出版事業股份有限公司
地址：台北市南昌路二段八十一號六樓
郵撥：0189456-1
電話：（02）23926899
傳真：（02）23926658

著作權顧問：蕭雄淋律師
二〇一九年十一月一日 初版一刷（印數：一五〇〇冊）
售價：新台幣三六〇元

ISBN 978-957-32-8647-9（平裝）
遠流博識網 http://www.ylib.com
E-mail: ylib@ylib.com

國家圖書館出版品預行編目（CIP）資料

先秦神話寓言／吳宏一編著. -- 初版.
-- 臺北市：遠流, 2019.11
面； 公分. --（先秦文學導讀；4）
ISBN 978-957-32-8647-9（平裝）

1. 中國文學史 2. 先秦文學 3. 文學評論

820.901 108014545